檸檬喫茶のあやかし処方箋（レシピ）

丸井とまと

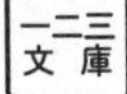

目次

四月の紅雨

読みかけの小説を開くと、乾いた空気が教室の開いている窓の隙間から吹き抜けた。風に煽られるように紙が擦れてページが捲られていく。その光景を私はぼんやりと眺めていた。

誰かの手によって窓が勢いよく閉められると、風がはたと止んだ。

風強すぎなんだけどと言って笑っているクラスメイトたちの声を聞きながら、私は手元の小説に視線を落とす。

雨と事故という単語に目が止まり、心に澱を残していた記憶が引っ張り出される。

二ヶ月前から、雨が降っていない。最後に雨が降ったのは、テレビのニュースでも流れた、悲しい事故が起きた日だった。

前日に聞こえた救急車の音はこの事故だったのかとわかった瞬間、心が一気に冷えて、息苦しさを感じたのを未だに覚えている。

人の命は儚くて、別れは唐突に訪れるものだと知っていたけれど、見ず知らずの誰かが自分の家の近くで失われたことは私の日常に暗い影を落とした。

歩き慣れた道が事故の現場になるなんて、想像もしなかったのだ。

四月を迎えた今もまだ、事故を告げるアナウンサーの声が耳の奥に残っている。

「清白（すずしろ）さんってさ、本好きなの？」

——また来た。

開いていた本のページをそっと閉じて、視線を上げる。私の席の前に男子生徒が立っていた。

色素の薄い髪の毛に切れ長の目。ワイシャツは第二ボタンまで外されていて、ネクタイもだらしなく緩められている。

見た目が派手で、常に人に囲まれている彼が教室の隅で本を読んでいる私に声をかけているのは周囲も注目する出来事なのだろう。

おもしろがっている人だけでなく、女子からの視線も痛い。正直なところ、私は迷惑していた。

「私になにか用？　八城（やしろ）くん」

「話したいなって思ってさ」

さらりと笑顔で言ってみせるクラスメイトの八城千夏（ちなつ）にため息が漏れる。

こういう人懐っこいところが、女子たちから人気が高い理由のひとつなのだろう。

「清白さんって北中だったんでしょ？」

「……そうだけど」

「俺は西中なんだ。地元同じだね」

他愛のないやりとりが入学した三日後くらいから続いている。

すぐに飽きるだろうと思っていたけれど、二週間が経っても彼は毎日のように私のもとにやってきた。

そろそろクラスメイトからの注目が集められていることに嫌気がさしてくる。

「八城くん、少しいい？」

彼の返事を聞く前に席を立ち、廊下へと出た。

「清白さん、いきなりどうしたの？」

目の前には人の良さそうな笑顔の八城くん。彼の本心が見えず、視線を逸らしたくなったけれど、ぐっと堪える。こういうことは早いうちにきちんと話しておいた方がいい。

「私に近づく理由はなに？」

八城くんは目を丸くして驚いた表情を見せたあと、すぐに眉を下げて困ったような笑みを見せる。

理由があって私に近づいてきていることくらいわかっていた。入学してすぐにクラスの中心的存在になった八城千夏。

明るくてムードメーカーのようだけれど、教室でひとりぼっちのクラスメイトを放っておけない正義感あふれるタイプには見えない。それなのに私に声をかけてくるのは、嫌な予感しかなかった。

「ただ話したいからという理由じゃないよね」

あの噂を聞いて、面白半分で近づいてきているのか、賭け事でもしているのか。そのどちらかの可能性が高い。今までそんなことばかりだった。

「坂の途中にある長い石段の上のお屋敷に住んでいて、腰あたりまで伸びた真っ黒な髪の女の子……って清白さんのことでしょ？」

「……それがなに？」

「でもって、小・中学生の頃のあだ名は〝魔女〟」

不愉快な言葉に眉根を寄せる。

〝魔女〟はあだ名ではない。勝手につけられていた悪口のようなもので、私を気味悪がって同級生たちが陰で呼んでいただけだ。

「ごめん、不快にさせたいわけじゃないんだ」

八城くんは顔の前で両手を合わせて、申し訳なさそうに謝ってきた。

「ただ、お願いがあって」

「お願い？」

「清白さんって幽霊が視えるって本当？」

五秒くらいの沈黙がたっぷりと流れる。どう説明をするか悩みつつも、嘘はつかないように言葉を選ぶ。

「期待に添えずに申し訳ないけれど、私に幽霊は視えないよ」

「え、そうなの？」

「うん。霊感とか全くないの。だから、きっとそのお願いっていうのは私には叶えられない」

清白紅花は怪しげな黒魔術の本を読んでいて、幽霊と対話することができる。

そんな噂が昔から私には付きまとっていた。

中学生の頃は強引に肝試しに連れて行かれそうになったこともある。修学旅行では私と同室になりたくないと騒ぎ出す女子もいた。

あの頃のことを思い出すだけで胃のあたりがじくじくと痛んでくる。

「……そっか、幽霊が視えるってデマだったんだ」

「うん。だから、そういう理由だったたなら、できれば教室であんな風に話しかけないでほしい。すごく注目を浴びて嫌だから」

ごめんなさいと心の中で謝る。

本当はここまできつい言い方をしたくはない。けれど、きちんと突き放さないと彼に知られてしまうかもしれない。そのことが怖くてたまらない。

「あの……清白さん、ごめん」

八城くんは他になにか言いたげだったけれど、なるべく関わりを持たないために先に教室へと戻った。

クラスメイトたちは、急に呼び出してなにがあったのかと興味津々といった様子だった。それでも私には話しかけにくいのだろう。誰も声をかけてこない。

本を開いて意識を逸らそうと思ったけれど、遠巻きに見られていると居心地が悪くて落ち着かない。

逃げるように再び廊下に出ると、先ほどの場所にはもう八城くんの姿はなかった。

楽しげな笑い声が聞こえてきて視線を移す。

窓の外にはジャージ姿の女子生徒たちがいた。バレーボールでトスの練習をしながらはしゃいでいる彼女たちが眩しく見える。

それは私には経験がないことだった。

いつだって白い目で見られてしまう。

中学の同級生で地元の高校に進んだ人は少なかったので、高校なら大丈夫だと思っていた。けれど、やっぱり私には〝魔女〟がつきまとう。

長い黒髪。無表情。人と関わることを避ける。そのことが噂を助長させていた。

私には幽霊は視えない。これは本当だ。嘘じゃない。

だけど——

「おや？　檸檬喫茶の紅花様じゃないか。久しいな」

長い濃紺色の髪を左側に束ねている着物姿の小さな男が窓枠に座っていた。顔には蛙のような顔の白い面をつけていて表情が読み取れない。

「ああ、ここではあまり話さない方がよいか。人がたくさんいる場所なのだろう」

「小声ならバレないから大丈夫だよ」

口元に手を添えれば動きは見えづらいだろう。それにここは四階なので、外にいる生徒たちも気づかないはずだ。

「随分小さくなったけど、どうしたの？　青時雨（あおしぐれ）」

窓枠に座っている青時雨は手のひらサイズだった。以前会ったときは人と変わらない大きさだったはずだ。

「ああ……これはいいのだ。僕が望んだことだからな」

青時雨の濃紺色の髪に指先を伸ばす。滑らかで、しっかりと感触がある。幽霊を視ることは私にはできない。

私に視えるのは——あやかしと呼ばれている人ではないモノたち。

「どうしてここにいるの？」

「……見ておきたかったのだ。この目で、自分の罪の重さを」

なににについての話しているのか私にはわからなかった。けれど、あやかし事に深入りするべきではないのだろう。それに彼がこれ以上は話しそうもない。

「紅花様、学校という場所は楽しいのか」

「……人による、かな」

「そうか」

私は学校よりも家でおばあちゃんたちと一緒にいた方がずっと楽しい。けれど家にいるよりも学校にいた方が楽しいという人たちも大勢いるはずだ。

「最近、雨降らせないね」

青時雨は雨降のあやかしで、天気雨や夕立は彼が原因であることが多い。それなのに最近は雨がめっきり減った。身体が小さくなったことにも関係しているのだろうか。

「降らせ方がわからないんだ」

「え？　だっていつも降らせていたじゃない」

青時雨は首を横に振って、ゆっくりと立ち上がる。

「それでは、また機会があれば」

黒い番傘を開き、窓から外に飛び降りた。濃紺色の髪と着物がたなびき、吸い込まれるように落ちていく。あっという間に見えなくなってしまった。

私は自分の手のひらに視線を移し、小さく息を漏らす。

物心がついたときから、私にはあやかしが視えている。

そしてこの手が他人の手に触れると、同じようにあやかしを視せてしまう。そういう力を私は持っている。

これは父方のおばあちゃんの遺伝のようで、おばあちゃんも私と同じようにあやかしが視える。けれど、お父さんにはこの力が一切受け継がれることがなく、私の手に触れることを恐れた。

お母さんは私を気味悪がり、目を背けて弟にしか話しかけなくなった。お父さんは家庭の状況に頭を抱えて、助けを求めたのがおばあちゃんだ。

おばあちゃんは部屋も空いているから、好きなだけ居ていいと快く受け入れてくれて、小学三年生の頃から私はおばあちゃんの家で暮らしている。

長く感じた授業がやっと終わり、放課後はスーパーで小麦粉やバター、砂糖などを購入した。買い物袋をぶら下げながら大きな坂を登っていく。

都心から少し離れているこの町は、長閑で多摩川と浅川に挟まれていることから田畑が多い地だ。緑豊かで空気が澄んでいて、過ごしやすい。

坂の途中の右側にある長い石段の前に立ち、一息つく。私の家はこの石段を登りきった先にある。

一段、また一段と登っていくと春とはいえ、体温が上昇して息が乱れてきた。ちょうど石段の真ん中あたりにさしかかったところで、セーラー服の女の子が座っているのが見えた。

「あ、こんにちは。おねーさん」

膝の上で頬杖をついて、にっこりと微笑んだ少女は最近ここでよく見かける子だ。

「こんにちは」

あのセーラー服は坂の下にある西中のものだから、中学生なのだろう。肩に掛かるくらいの短い髪で、気さくに話しかけてくる社交的な女の子だ。

「……もしかして、まだ仲直りできていないの？」

少女が眉を下げて、目尻がつり上がった大きな目を細めながら苦笑した。

「まあ、仲直りっていうか私が一方的に怒っただけなんだけどね」

ここに来るようになったきっかけは大事な友達と喧嘩をしたかららしいけれど、この様子だとまだ仲直りができていないようだ。

「ねえねえ、そういえば名前聞いてなかったよね。おねーさんの名前はなんていうの？」

裏表のなさそうな彼女の明るい笑顔を向けられると気が緩んでしまう。彼女へ抱いていた警戒心がいつの間にか解けていき、自分の名字を口にする。

「清白」

「綺麗な響き。下の名前は？」

「紅花」

「紅花！　かわいいね。じゃー、べにちゃんだ」

年下の女の子に懐かれることは初めてで、どう接したらいいのかわからず戸惑う。べにちゃん、なんて呼ぶのは今ではおばあちゃんくらいだ。

「私は同級生からは、まなかって呼ばれているんだ。だから、べにちゃんも〝まなか〟って呼んで」

「う、うん」

こういったやりとりは、いつぶりだろう。

小学生三年生で転校してきたときは同級生と自己紹介をして呼び名を決めることもあった。けれど、だんだん人は私から離れていった。

手のひらをじっと見つめる。

私は人に近づいちゃいけない。近づけばまた怖がらせてしまう。本当はこの子も突き放さなければいけないのに、笑顔を向けられるたびに冷たい言葉を飲み込んでしまう。

「下向いちゃもったいないよ」

彼女――まなかの声に吸い上げられるように前を向いた。

「ほら、見てみて！」

「え？」

まなかが指差した先には、茜色に染まる夕空。燃えるように彩り、熱が全身に降り注ぐ。

「すごく綺麗だね。なんかロマンチック」

うっとりとしたように呟くまなかに私は頷いた。

「……うん。綺麗」

久しぶりに夕焼けを見た。心が洗われていくようで美しい情景に目を奪われる。

今日はホームルームが長引いて、スーパーで買い物をしていたから、ちょうど立ち会えたのかもしれない。

「べにちゃんはさ、ひとつだけ願いが叶うとしたら、なにを願う？」

彼女はこうして時折とりとめのない質問をしてくる。

夕焼けを眺めながら、答えに悩んだ。

願いが叶うとしたら、私はなにを望むのだろう。

小さいころは、あやかしが視えていなかったらと思ったこともあるけれど、今はそんなことは思わない。

「願いなんて思いつかないな」

我ながらつまらない回答。けれど、本当に今の私には願いなんてなかった。しいて言うのなら、私にあやかしが視えることを同級生に知られたくないということくらい。けれど、そんなこと彼女には言えない。

「そっかぁ」

まなかは眩しそうに夕焼けを見つめている。その横顔は少し寂しげだった。

「まなかには叶えたいことがあるの？」

「私は……」

わずかに動いたまなかの唇がかみ締められる。そして、小さく息を吐くと躊躇いがちに言葉を続けた。

「忘れてもらう」

強い風が吹いた。夕焼けの熱を冷ますようにほんの少しだけ冷たい風が、彼女の前髪を勢い良く持ち上げる。

顔の輪郭を縁取る太陽の光に、長い睫毛が作る影。思わず見惚れてしまい、言葉を失う。

「なんてね」

冗談だよと笑う彼女の心の闇を覗いてしまったようで、咄嗟に視線を逸らす。

「夕焼けを見てちょっと感傷的になっちゃった。べにちゃん、帰らなくて大丈夫？」

右手に握っている買い物袋に視線を落とした。きっと彼とおばあちゃんが私の帰りを待っている。

「……まなかも暗くならないうちに帰ったほうがいいよ。夜道は危ないから」

「はーい。またね、べにちゃん」

軽い足取りで階段を下っていく後ろ姿を見送る。

彼女は危うい。明るさの中に濃くて暗い闇がある気がする。けれど、人とうまく付き合うことができない私には彼女の闇をなくすことはきっとできない。

人にはそれぞれ背負っているものがあって、傷だって違っている。それを分かち合うなんて不可能だ。

私だって誰かに理解してもらえるなんて思っていない。このまま人と極力関わらずに生きていければ、それでいい。

石段を登りきり、左の道を進んでいくと洋館の前で立ち止まる。

現在でも田園風景が多く残っている町には、この家は不釣合いな異物のように感じる。

ルネサンス建築を真似たという西洋風の建物は、亡くなったおじいちゃんがおばあちゃんのために建てたそうだ。

門の先にある花壇の側に木彫りの看板が立ててある。

――檸檬喫茶。

ここはおばあちゃんが開いている喫茶店だ。主なお客様はあやかしや、その関係で知り合った人たち。放課後や休日は私もその手伝いをしている。

カバンから玄関の鍵をとりだす前に扉が開いた。

「おかえり、紅花」

出迎えてくれたのは中性的な顔立ちの小学生くらいの男の子。私を見つめる金色の瞳はガラス細工のように繊細で吸い込まれそうだ。

「ただいま、呉羽(くれは)」

私が持っていたスーパーの袋を呉羽が持ってくれる。そして軽く頭を撫でられた。

「学校帰りに買い物頼んで悪かったな」

見た目に反して話し方や反応が大人びている彼――呉羽は人間ではない。強い妖力がある彼は子どもの姿に化けて私たちと生活をしているのだ。

「いい匂いがするね」

バニラのような甘い香りが家の中に充満している。なにかが焼けた香ばしい匂いも混ざっているので、焼き菓子を作っているのだろうか。

「ああ、紫代（しよ）がシュークリームを作ってる。もうすぐ出来上がる頃だ」

「やった。おばあちゃんのシュークリーム大好き」

「楽しみだな」

呉羽は落ち着いた笑みを浮かべていて、声を上げて喜んでしまったことが恥ずかしい。年齢的にはあやかしである呉羽の方がずっと年上のはずだけれど、見た目は小学生なので自分よりも子どもに見える。だからか、落ち着いている呉羽を見ると自分が酷く子どもじみているように思えてしまう。

「紅花？」

立ちつくしている私を不思議に思ったのか、呉羽が眉を寄せる。私は慌ててローファーを脱いで家に上がった。

呉羽にカバンを置いて手を洗ってくるように言われて、私は階段の先にある自分の部屋へと向かっていく。

カバンを置いて手を洗いに行くと、洗面台の鏡に映る自分の血色の悪い顔に頬が引きつる。

高校に入学して環境が変わったことと八城千夏の件が重なり、どっと疲れたからかもしれない。目元には薄っすらと隈が見える。

今夜は早く寝よう。そして明日からは八城千夏が近づいてこないことを切実に願う。できれば誰とも深く関わらず、何事もなく高校生活を終えたい。

「紅花、シュークリームできたぞ」

「はーい！　今行く」

リビングへ行くと、花柄のエプロンをしたおばあちゃんが「おかえり、べにちゃん」と目尻に皺を寄せて微笑んだ。

「ただいま、おばあちゃん。わー、いい匂い」

カスタードクリームの甘い匂いを肺いっぱいに吸い込んで、頬が緩む。

お菓子作りが上手なおばあちゃんは喫茶店で提供するだけではなく、私と呉羽のためにお菓子を頻繁に作ってくれる。

縁にレリーフが贅沢に施されたアンティーク調のダイニングテーブルには、アフタヌーンティースタンド。

一段目には出来立てのシュークリームがのせられ、二段目にはアイスボックスクッキーやチェリージャムクッキーがのせられている。

その横には呉羽が淹れてくれた紅茶が添えられて、テーブルの上はまるで英国のお茶会のようだ。

「紅茶もいい匂いだね」

「今日は薔薇の香りがついたフレーバーティーだ」

目の前におばあちゃんが座り、私の隣には呉羽が座る。これが私たち家族の定位置だ。お客様が来たときには、窓際のふたりがけのテーブル席に座ってもらうか、晴れていれば庭にパラソルを開いてテーブルを用意することもある。今日は誰も来ていないようなので、まったりとしたティータイムになりそうだ。

「いただきます」

出来立てのシュークリームを一口かじると、サクッとしているシュー生地の間からたっぷりと中に入った生クリームとカスタードクリームが溢れ出てくる。

バターが香るシュー生地と、ふわりと溶けていく生クリーム。なめらかな舌触りで優しい甘さのカスタードクリームが口の中に広がって、自然と笑顔になる。

「おいしい」

おばあちゃんの作るお菓子は人もあやかしも幸せにしてくれる。幼い頃からずっとそう思っている。おばあちゃんの作るお菓子を食べて虜になり、事あるごとにお菓子をもらいに来るあやかしがいるくらいだ。

「今日は上手にできたのよ。ねえ、呉羽」

「俺は生クリームを泡立てただけだ」

「呉羽は材料をいいタイミングでいつも持ってきてくれるでしょう」

「助手だから、それくらい当然だ」

呉羽は、いつもおばあちゃんのお菓子作りを手伝っている。私がこの家に来たときは、あやかしである呉羽が手伝っていることに驚いたけれど、今では日常の光景になっている。

それに呉羽はお菓子作り以外にも、この家のためにいつも行動している。おじいちゃんが亡くなってからは特に家のことを手伝ってくれるようになったそうだ。見た目は子どもで、無愛想で少し口が悪い。けれど、心優しいあやかしだ。

「べにちゃん、学校はどう?」

シュークリームを食べる手を止めて唇を結ぶ。おばあちゃんに心配をかけたくなくて返事に迷ってしまう。

学校は楽しくない。早く終わってほしいといつも思ってしまう。

〝魔女〟なんてまた噂されてしまっていることを知ったばかりなので、心がずしりと重たい。

「紅花」

まるで咎めるように名前を呼ばれて、びくりと肩を揺らす。

「お前、またあやかしと会ったたな」

呉羽が鼻を微かに動かして私を流し見た。

「えっと……」

昼間に青時雨と会ったことを思い出し、頷く。

匂いでわかったようだけれど、誰かまではバレていないようだ。呉羽と青時雨は顔を合わせれば口喧嘩をよくしているので、余計な火種は作らないでおきたい。けれど、青時雨が小さくなった理由を呉羽ならわかるのだろうか。

「なんともないならいいが。あまり目を合わせるなよ。お前みたいなガキはいいエサだ」

「……呉羽のほうが子どもみたいなのに」

ガキと言われたことに口を尖らせて呟く。

私だってもう高校生なのに、呉羽にいつまでも子ども扱いされるのは不満だ。

「俺はお前たちよりもずっと長く生きている。しかも俺は強い。お前みたいな弱っちいガキと一緒にするな」

苛立ったような鋭い眼光が向けられて「わかってるよ」と苦笑する。

呉羽の本当の姿は、今の小学生くらいの見た目とは異なり、成人男性のような姿に真っ黒な羽が生えている。

小学生のころ、初めて呉羽と会ったときに怖がってしまった私のために同い年くらいの子どもに化けてくれたのだ。

私が高校生になっても呉羽が小学生の姿のままなのは、きっと別の理由があるのだろうけれど……。

――カランコロン。軽快な音が鳴った。

あやかしが訪れたときにだけ鳴る鈴の音だ。

振り返ると五十センチくらいの大きさのあやかしがいた。青いクチバシに水色の羽根が身体中を覆っている鳥のような外見だ。

「いらっしゃい」

「紫代様でいらっしゃいますか……？」

鳥のようなあやかしは翼のあたりが赤黒く滲んでいる。ここに来るあやかしはほとんどが怪我をして助けを求めにくることが多い。

「あら、怪我をしているの？」

「はい。腕が痛くて飛ぶことができません。ここに来れば治していただけると聞きました」

「ちょっと待っていてね」

おばあちゃんは立ち上がり、キッチンへと消えていった。きっと〝アレ〟を使ったお菓子を用意しているのだろう。

「あの、ここに座ってください」

鳥のようなあやかしを窓際の席に案内する。

名前を聞くと、あやかしは「水縹(みはなだ)」と名乗った。

穏やかな口調と態度からして悪いあやかしではなさそうなので、呉羽も特になにも言わない。

「あれが噂の檸檬の木ですか？」

「え？　ああ……そうだよ」

窓の向こう側にある庭に一本だけ植えてある檸檬の木。

あれが檸檬喫茶と名付けられた理由だ。深緑の葉の間に見える青い実と黄色い実、そして白い花。

昔からおばあちゃんが育て続けているあの檸檬の木にはたっぷりと妖力が注がれていて、普通ならありえないことだけれど一年中檸檬の実と花をつけている。そして、その檸檬を使ったお菓子をあやかしが食べると怪我を癒す効果があるのだ。

「あれが……」

「妙なことを考えたら追い出すぞ」

呉羽が尖り声で忠告をして水縹を睨みつけた。

「い、いえ！　なにもしません。ただ、実物を見るのは初めてだったので」

「ならいい」

妖力を持った檸檬の木を狙うあやかしもいるため、呉羽が常に目を光らせているのだ。

怪我をしていないあやかしが檸檬の実を食べれば、一時的に妖力を増やすことができるらしい。

「さあ、どうぞ。召し上がれ」

お皿にのせたマフィンと紅茶をおばあちゃんが水縹に差し出す。

昨夜作っていた檸檬マフィンだ。私も少しだけ味見させてもらったので、思い出すだけで顔が綻ぶ。

シロップに一日漬けた檸檬ピールがたっぷり入っていて、隠し味のヨーグルトがまろやかさを出してくれている。甘すぎず爽やかな味わいの焼き菓子でダージリンとよく合う。

「いただきます」

おそるおそるといった様子で一口マフィンをかじった水縹が驚いたように目を丸くしたあと、夢中になって食べ始めた。おばあちゃんは嬉しそうにその光景を眺めている。

「ごちそうさまです！」

水縹が食べ終わるタイミングを見計らって、キッチンから蒸しタオルを持ってくる。

傷は塞がっても、羽根に染みついた血の痕は消えない。蒸しタオルで拭けば少しは薄くなるだろうか。

「少し触れてもいい？」

「はい。もう痛みもすっかりなくなったので大丈夫です」

「完全に血を落とすのは難しいかもしれないけれど……」

血がついた羽根に蒸しタオルをあてていく。

羽根に染み込んでしまっていて、やはり完全に落とすのは難しそうだ。けれど先ほどよりは目立たなくなり、ほっと胸を撫で下ろす。

「よかった。少しは落ちたね」

水縹は私の手元のタオルと自分の羽根を見比べて、目をぱちぱちと瞬きさせていた。そして、おもむろに話し出す。

「……人は怖いものだと思っていました。けれど、温かいですね。貴女様はとても優しい目をしている」

澄んだ瑠璃色の瞳が真っ直ぐに私を見つめる。その目を見て、私も水縹と同じことを思った。

「私も、あやかしは怖いものだと昔は思っていたの。けど、そうじゃないあやかしもいる。人もあやかしも同じだよ」

悪い人間もあやかしもいる。優しいだけの世界ではない。それでも優しさを持っている人間やあやかしだっているのだ。

「お礼にこれを」

水縹が私の手のひらになにかをのせた。それはひんやりとしていて、つるんと手のひらを滑る。

「……綺麗」

ビー玉みたいだ。黄緑色の光がガラスの中にぎゅっと閉じ込められているように見える。

「これは蛍光（けいこう）というガラス玉です。きっとお役に立つ日が来るでしょう」

「え……役に立つって？」

「その時が来ればわかります。貴方様なら、必ず」

水縹がつぶらな目を細めると、どこからか風が吹いた。

視界を遮る髪の毛の束を押さえて、再び前を向くと水縹の姿はなく、「ありがとうございました」と声だけが聞こえた。

カランコロンと玄関のベルの音が鳴っており、水縹が通り過ぎていったことを告げている。

風が吹いたというのに不思議なことに室内の物はなにも落ちていない。

「おばあちゃん、これ」

水縹から貰った蛍光をおばあちゃんに渡そうとすると、首を横に振った。

「べにちゃんが持っていて」

「え、でも」

檸檬マフィンを作ったのはおばあちゃんだ。私はなにもしていないのにお礼の品をもらってもいいのだろうか。

「いいから。きっとこれはべにちゃんに必要なものなのよ。だから、水縹はべにちゃんに渡した。そうでしょう？　呉羽」

「……だろうな。まあ、そのガラス玉の効力は俺にはよくわからないが」

呉羽は興味なさそうに水縹が食べた檸檬マフィンのお皿とティーカップを片付けている。

おばあちゃんの言う通り、私に必要なものだとしたら、いったいどんな時に役に立つのだろう。

眺めてみても、黄緑色のガラス玉はなにも変わらない。

「そんなに難しい顔をしないで、べにちゃん」

「でも……これにどんな意味があるのか気になって」

「お守りとして持っていたらいいんじゃないかしら？」

お守り。その言葉を聞くと、なんだか心強いものに思えてきた。幻想的な黄緑色の光を放つガラス玉を握る。

檸檬喫茶ではあやかしがお菓子のお礼になにかをくれることがよくあるけれど、私が貰ったのは初めてだ。

このガラス玉に秘められた力はわからないけれど、お守りとして肌身離さずに持っておくことにした。

翌朝、八城くんは私に話しかけてこなくなった。これで注目されることなく過ごせると胸を撫で下ろして読みかけの本を開く。

賑やかな話し声や笑い声が響く教室内で私はほとんど口を開くことがない。友達と笑って過ごす学校生活や、寄り道して帰る放課後を私は本の中でしか知らない。

羨ましいと思うこともあったけれど、私にはそういう学校生活は送れない。この手が人に触れてしまえば、今の日常すら終わってしまう。

『この魔女！』

私を睨みつけながら吐き出された言葉が未だに記憶に苦く溶け残っている。

私がこの町に越してきたのは、小学三年生の夏。

優しく声をかけてくれた同じクラスの女の子たちと少しずつ仲良くなり始めた頃、校庭で遊んでいるときにひとりの子に手を握られた。

咄嗟に離そうとしたけれど手遅れだった。タイミング悪くあやかしが近くにいたため、彼女に視えてしまったのだ。

幸い悪いあやかしではなかったようで、からかうように近づいてきただけで済んだけれど、その子はあやかしを視たショックのあまり意識を失ってしまった。

視えていない人たちにとっては、急に倒れてしまったようにしか見えない。そしてその隣で、〝なにか〟と会話していた私が気味悪く映ったようだった。

翌日からクラスメイトから向けられる視線や態度が明らかに変わってしまった。

そして倒れた子は擦り傷で済んだけれど、私には話しかけてこなくなった。どうやら周りには「紅ちゃんに近づいたら変なものが視えた」と話しているようだった。

今まで一緒にいた子たちが思い出したかのように、私の些細な言動が普通とは違っていると言い出して、クラス内で『清白紅花の呪い』という悪意を孕んだ言葉で面白おかしく話が作られていくようになった。

私はあっという間に孤立して、虐められるようになった。

単なる仲間はずれから次第にエスカレートしていき、帰り道に小石を投げつけられることや、家のポストに『魔女』と書かれた紙を入れられることもあった。

あの頃はせっかく私を引き取ってくれたのに、おばあちゃんたちに本当に申し訳なくて、いじめられていると言えずに必死に隠していて、喧嘩したと嘘をついてしまった。

苦しかった小学校も中学校もようやく終わりを迎えることができて、あの頃と比べると平穏が訪れた。

私の選んだ高校は、同じ市内の学校とはいえ、中学校からは歩くと距離がある。学校の裏側には山や使われていない古井戸などが残っており、交通の弁も悪く、辺鄙な場所にある。そのため同じ中学出身の同級生たちは市外に出る人が多かった。

とはいっても同じ学校出身の人も少なからずいたため、私の噂はたってしまったけれど、あくまで〝噂〟だ。この手に触れたらどうなるのかを知っている人はいない。

できることならあまり人と関わらずに高校生活を終えたい。

もしも周りの人に手が触れてしまえば、また孤独よりも辛いことが起きるかもしれない。

だからこそ、八城くんみたいに人懐っこくて気さくに近づいてくる人は怖い。それに私の秘密を知ってしまえば、彼の日常は変わってしまう。

そうなったときに向けられるのは、怯えるような視線か気味悪がって嫌悪する視線のどちらかだ。

黒板の方で談笑している八城くんの横顔を眺めていると、こちらを向いた。目が合ってしまった気がして咄嗟に視線を本に落とす。

指先を手のひらの中に隠すように閉じ込める。

どうか、この手だけは誰にも触れることなく高校生活を終われますように。

放課後になると強張っていた体の力が抜けていく。

今日は何事もなく一日を過ごせた。人が捌けてから教室を出たので、生徒がほとんどいなくて廊下は閑散としていた。

廊下をまっすぐに進んで左側にある階段に差し掛かったところで、階段を上がってきた八城くんと鉢合わせた。

予想外なことが起こり、体が固まってしまう。

八城くんは階段を上りきると、立ち尽くしている私の横で深々と頭を下げる。

「清白さん、昨日はいきなりごめん！」

「え……」

突然のことに心底驚いた。周りに人がいないのがせめてもの救いだったけれど、反応に困ってしまう。

「あの、別に気にしてないから大丈夫。……それじゃあ」

「待って、清白さん！　今は他に誰もいないし、少しでいいから話を聞いてほしい」

「話って……」

私には幽霊を視ることができないと昨日答えたはずだ。それ以上に話せることはない。そのはずなのに、八城くんは真剣な眼差しで話を聞いてほしいと訴えかけてくる。

これ以上なにを彼と話せばいいのだろう。

どうして幽霊が視えるか聞いてきたのかと理由を聞いたところで、私にできることなんてなにもない。私は人の力にはなれない。

「昨日のあれは清白さんをからかいたかったとか、悪意があったわけじゃないんだ」

「悪意があったなんて思ってな……――え？」

べたりと床に水気があるものが落ちたような音がした。

心臓の鼓動が大きく脈を打ち、冷や水でもかけられたように体が一気に冷えていく。

おそるおそる振り向くと、全身泥まみれの塊が床に這いつくばっている。のそりと顔を上げたその塊は泥の奥に隠れた瞳で私を捕らえた。

「おやぁ？　あやかしの姿が視えるのか？」

「……っ！」

――しまった。

完全に油断していた。迂闊に目を合わせてしまい、視えることを気づかれてしまった。

檸檬喫茶に来たことのあるあやかしや、顔見知りのあやかしなら問題はないけれど、視えることを知られないほうがいいあやかしもいる。

妖力を食らうあやかしもいるため、追い払う力のない妖力だけを所持している私のような人間は食べやすいのだ。

「清白さん？」

この場には関係のない人もいる。ここで私だけが逃げて、もしも彼に被害が及んだら大変なことになってしまう。

どうしよう。どうすればいい？

いい案が浮かばず、焦りばかりが思考を支配していく。

べたり、べたりと水気を含んだ音を立てて近づいてくるあやかしから逃げるように後退すると、かかとが床につくことなく宙に取られた。

「危ない！」

階段から落ちそうになった私を八城くんが咄嗟に掴んだ。階段から転げ落ちる恐怖から救われたものの、ぴったりと重なった手のひらを見て、全身が粟立つ。

「大丈夫？」

「あ、だ……だめ！」

八城くんが声をかけてきた直後、再びべたりと泥が床に弾かれる音がした。その音に気付いた八城くんは首をゆっくりと動かして背後を見やる。

「え……は？　なんだ、これ……」

「お前も視えるのかぁ？　人間」

「しゃ、喋った⁉」

もう手遅れだ。八城くんの肉眼にあやかしが認識され、声も聞こえてしまっている。微かに震える手で八城くんの手を引っ張って「逃げるよ！」と声を上げる。

「え、ちょ、清白さん！」

「いいから早く！　私についてきて！」


八城くんと手をつないだまま階段を駆け下りて、上履きのまま昇降口を飛び出す。あの様子からして動きは早くなさそうなので、とりあえず学校から離れるしかない。久しぶりの全力疾走で口の中がカラカラに乾いて喉が痛い。八城くんは戸惑いながらも私に合わせてくれているみたいだ。

長い並木道を抜けて横断歩道を渡り、バスのロータリー辺りまでくると足を止めた。肩で息をしながら辺りを見回すと、あのあやかしの姿はないのでほっと胸を撫で下ろす。

「清白さん」

名前を呼ばれて八城くんの方に向き直る。頬が熱くなり呼吸が乱れている私に対して、体力があるのか彼は私ほど息が上がっていなかった。

「さっきのなに？」

「あれ、は」

逃げることに必死で言い訳を考えられていない。あれを人というのにはだいぶ無理がある。

「〝お前も視えるのか〟って言ってたよね。あの変なやつ」

「あの、そろそろ手を……」

離したいと言おうとしたところで、逃すまいと強く握られる。

「視えないって言ってたけど、嘘だったの？」

「……嘘じゃないよ」

幽霊が視えないのは本当だ。だから、私は嘘なんてついていない。けれど、私を射抜く彼の目は誤魔化しなんてきっと許してはくれない。

「でも、さっきのやつがなんなのか清白さんは知っているんだよね？」

「あれは、その」

本当のことを告げるのは怖い。明日には広まってしまうかもしれない。小学校のときみたいに、あっというまに広まって白い目で見られて、魔女と笑われ、ネタにされる。思い出すだけで怖くてたまらない。

「言いふらしたりしない。絶対に」

微かに震える私の手から伝わってくる八城くんの手の温度が温かくて、根拠もないのにこの人なら本当に大丈夫な気がしてしまう。

私たちは走って火照った体を鎮めるように緩やかな風を浴びながら、ゆっくりと歩き出す。

今まで大して関わりのなかった私たちが手を繋ぎながら歩いているのは、妙な光景のように思えた。けれど八城くんは先ほどの件の説明を聞くまでは離す気がなさそうで、しっかりと握られている。

「俺、興味本位で幽霊が視えるか聞いたわけじゃないんだ」

八城くんの色素の薄い髪が風に揺れて持ち上がった。

まっすぐな瞳は嘘をついているようにも、からかっているようにも思えなくて、彼の言葉に耳を傾ける。

「今年の二月」

躊躇いがちに口を開き、苦しげに目が伏せられる。

「俺の親友が死んだんだ」

繋がれたままの手が少しだけ力を入れられた気がした。

それに指先から伝わる微かな震えからは、八城くんにとってこのことを話すのは相当の勇気が必要だったのだろうと感じる。

「最近身の回りで視線を感じたり、親友が写っている写真立てが伏せられていることがあったんだけど、そんなとき学校で清白さんの噂を聞いたんだ」

「私なら親友の幽霊が視えるかもって思ったの？」

「うん。近づいたきっかけはそれだった。でも清白さんと仲良くなりたいって思ってたのは本当なんだ。だけど、困らせてたんだよね。本当にごめん！」

頭を下げた八城くんからは誠意を感じる。

きっとこの人は私を笑い者にしていた人たちとは違う。私に触れて、あやかしを視ても拒絶をせずに、あまり話したくないことを打ち明けてくれた。

「頭、上げて」

私も話すのは怖い。けれど、適当なことを言って誤魔化すことは彼には通用しないだろう。それに真剣な人の前で逃げ出すことはしてはいけない気がした。

「私、本当に幽霊は視えない」

心音が身体中に伝わるくらい大きくなっていく。

本当のことを話したときの彼の反応を想像してしまい、不安と恐怖が織り交ぜられて心がつぶれそうなくらい苦しい。

「けど、あやかしが視えるの」

声が震えた。緊張のあまり掠れてしまい、普段よりも声量がなかった。彼に聞こえたかすらわからない。

「あやかし？」

「人でも幽霊でもないものなんだけど……」

「それって妖怪ってこと？」

「うん」

怖くて顔が見れない。冗談だと思うだろうか。馬鹿馬鹿しいって笑われるかもしれない。気持ち悪いと思われて突き放されるかもしれない。

大丈夫だ。そんなの今までだって何度も経験してきた。また同じことの繰り返し。人に拒絶されて、輪から飛び出してひとりぼっちなんて慣れている。

「そっか。そういうの本当にいるんだ」

「え、信じるの？」

「へ？　嘘なの？」

「嘘じゃないけど……」

もっと取り乱したり、疑われたりするかと思っていた。あやかしなんて非日常な存在がいると言われても、受け入れられる人の方が少ないだろう。

「だって、あんなの視たら信じるしかないよ」

「す、すんなり信じた人、初めてだから驚いた……」

「いやいや、これでも混乱してるし、いっぱいいっぱいだよ」

八城くんは肩を竦めて苦笑した。

駅の付近までつくと、私が抱えている問題をきちんと教えてほしいと言われ、近くにあったベンチに腰をかける。

「んで、さっきみたいなやつがあやかしっていうんだよね？」

解放された手のひらを見つめながら、私は頷いた。

「見た目はそれぞれ違っていて、形容しがたい見た目のあやかしや、人に似ているあやかし、もしくは人に化けているあやかしもいるよ。あとは動物のようなあやかしもいる」

人のような姿をしているのは青時雨のようなあやかしだ。ああいうあやかしは下手すると人と区別がつかないことがある。あとは呉羽のように妖力の強いあやかしは、本来の姿を隠して人に化けて街中に紛れ込んでいることもあるのだ。

「それを清白さんは生まれつき視ることができるってことか」

「あとは私の手に触れると相手も視えるの」

元々妖力が強い私は人に触れると、相手に微量だけれど妖力を注ぎ込んでしまうらしい。そして触れている相手もあやかしが一時的に視えてしまう。

どうやらおばあちゃんと同じ力を受け継いでいるのは私だけで、弟はなにも視えないそうだ。気味悪がった両親がおばあちゃんに私を預けてからは、両親とも弟とも会っていない。

預けられたときは寂しさもあったけれど、今となっては離れたことは正解だったのだと思う。

お母さんたちの家にいるよりも、大好きなおばあちゃんの家にいる方が私にとってはずっと過ごしやすい。

それにあのまま一緒にいても分かり合えず、溝が深まるばかりだったはずだ。

「なるほど。だからあのとき俺にも視えたんだ」

「……怖くないの？」

手に触れると視えるということを打ち明けても、八城くんの反応はあまりにも呑気だった。

泥をかぶったような妙なあやかしから逃げてきたばかりだというのに、彼からは焦りや不安を全く感じない。

「んー、あやかしのことは怖いっちゃ怖いよ。初めて視たし。けど、生まれつき視えている清白さんの方が怖いんじゃない？」

「私はもう慣れてるから。あやかしが視えることよりも、人に知られて怯えられることの方が怖い」

「もしかして魔女って言われているのってあやかしが視えることと関係してる？」

「……うん。この力は、この手は誰も幸せにしない。だから、黙っていてほしいの」

お願いをすると、困ったように眉を下げた八城くんが首を横に振った。

「言いふらしたりするつもりないよ。それにさ、誰も幸せにしないなんてことないと思うけど」

「しないよ」

親にすらこの力が原因で拒絶されて振り払われた。

せめて触れても相手に視せるなんて力がなければよかったのにと何度思ったことか。


——ぺたり。

背後から水気を含んだ音がした。血の気が引き、身を震わせる。

「見つけた」

耳の奥を撫でるような声に、勢いよく振り返った。

全身泥まみれの塊がこちらに手を伸ばそうとしてくる。ここまでは追ってくることはできないだろうと完全に油断していた。

「ひっ！」

「清白さん⁉　もしかしてさっきのやつ？」

手を離しているため今の八城くんには肉眼に映らない。彼を巻き込みたくない。

けれど、彼を置いていってこのあやかしが私を追いかけてきても、巻いたあと彼の方に向かってしまうかもしれない。どうすることが最善なのか考えなければ。そう思っても焦りでなにも思い浮かばない。

「逃げよう！」

「えっ、八城くん⁉」

「こっち！」

今度は八城くんから私の手を掴んで走り出す。信じ難い出来事に目を見張った。

小学校の頃に私に触れた子だって、二度と手に触れてくることも近づいてくることさえなかった。

両親だってそうだ。幼いころに私の手に触れてあやかしを視てしまい、血相を変えて怯えて拒絶して、それ以来私の手には絶対に触れない。

それなのに、八城くんは私の手をしっかりと掴んで〝一緒に〟逃げようとしてくれる。

「……どうして」

「え？　なに？　こっちってまずい⁉」

「ううん。こっちは……」

私の家がある方向だ。あの泥のあやかしのことは呉羽に相談したほうがいいかもしれない。私だけでは手に負えなさそうだ。

「八城くん、石段を登って」

「いいの？　この上って、清白さんの家があるんじゃない？」

「大丈夫」

こんな状況を知られたら呉羽には心底迷惑がられそうだけれど、きっと呉羽ならなんとかしてくれるはずだ。檸檬喫茶を守ってくれている呉羽はそこらのあやかしには負けたりしない。

「おやおや、随分とスリリングな逢い引きをしているな」

数段先に着物姿の小さな男が立っていた。蛙のような顔の白い面をずらして、にやりと口元だけを見せる。

「青時雨！」

「え、なにあれ！　小人⁉」

私と手を繋いでいる八城くんは興奮気味に青時雨に見入っていた。

青時雨のことも初めて視るはずなのに、こういった反応をする彼はやはり変わっている。

「紅花様が人間といるのは珍しい」

「えっと、いろいろと事情があって」

「ふむ。見たところ追われているようだが」

振り返るとあやかしは石段の一番下あたりまでやってきている。思ったよりも動きが速いみたいだ。

「青時雨、あのあやかしのこと知ってる？　学校で会ってから追いかけられているんだけど、どう対処したらいいのかわからなくて」

「あれは穢れが酷いな」

「穢れ……」

あやかしの全身を覆っている泥のようなものが青時雨の言う穢れなのだろう。つまりはそれに触れるのは危険だ。呉羽は強いけれど、穢れを纏ったあやかしを追い払うことはできるのだろうか。

「どうしたらいいかわかる？」

「あの程度の穢れなら、今の僕でも浄化できるだろう」

「本当に⁉」

青時雨も相当力のあるあやかしだとおばあちゃんから聞いたことがある。協力してくれるのなら心強い。

「ああ、だが交換条件だ」

その言葉に息を飲む。そうだ。顔なじみといっても、相手はあやかし。油断して迂闊に承諾したらあとで痛い目を見る可能性だってあるのだ。

ただの人間なのに妖力がある。それだけの私に青時雨が欲しがるものを与えられる気がしない。そもそもあやかしが欲しがるものってなんだろう。

青時雨は坂がある方向を見上げると、お面の隙間から見せた口元をゆっくりと動かす。

「あの雨の日の……僕の罪を暴き、裁いておくれ。紅花様」

それはしんみりとした口調で頼りなく震えている声だった。

いつもは物腰が柔らかく落ち着いた雰囲気の彼が、なにかに苛まれているように苦しげに見える。

「……罪を暴くって、私にはそんなことできないよ」

とても私の手でできることとは思えず、狼狽える。そもそも私にはあやかしの罪というものがよくわからない。すると青時雨が口角を僅かに上げた。

「ただ力を貸して欲しいだけだ」

「力を、貸す？」

「ああ。心配しなくとも無理強いをしたり、紅花様からなにかを奪ったりはしない」

「わかった。私に少しでもできることがあるなら協力する」

私の言葉を聞いた青時雨は大きく頷いてから、片手を上げた。

「お助けしよう」

青時雨の指先に淡い水色の光が集まり、円形になっていく。

その塊が青時雨の身体よりも大きくなると、石段を登ってこちらに近づいてくるあやかしに向かって勢いよく投げ落とされた。

泥のような穢れは、瞬く間に洗浄されて綺麗に流れ落ちていく。

「な、中から顔色の悪い子どもが」

淡い水色の肌に胸元あたりまで伸びた薄茶色の髪。まるで子どものような姿だった。

「あれは川に棲むあやかしであろう。川の汚染が酷く、穢れてしまったようだ。弱っているようなので、紫代様のところに連れて行くことをお勧めする」

「わかった！　ありがとう、青時雨。ってあれ？　……いなくなっちゃった」

振り向くと青時雨の姿はなかった。先ほどの交換条件について聞きたかったけれど、次に会ったときにしよう。

本当に私に青時雨が望んでいるようなことができるのだろうか。

「清白さん。あのあやかし、どうする？」

「とりあえず、おばあちゃんのところに連れていこうと思う」

「それ俺も行ってもいい？」

「えっ」

八城くんの申し出に言葉を詰まらせる。今まで家に同級生を連れて行ったことはない。

　勝手に知られて嫌がらせをされたことはあるけれど、自ら連れていくというのは初めてだ。

「ダメかな」

　どこか寂しげに上目遣いで聞かれてしまうと、首を横に振ることができない。

「あの……他のあやかしもいるから、あまり驚かないでね」

「わかった！　ありがとう」

　嬉しそうににこにことしている八城くんから咄嗟に顔を背けた。彼と話していると直射日光を浴びているみたいな感覚になり、眩しくてたまらなくなる。

「あ、そういえば」

　足元を見て、あることに気づいた。硬いローファーとは違い、柔らかな上履きだと地面を歩く振動が足に響く。

　あやかしから逃げることに必死で上履きのままここまで来てしまったけれど、八城くんは大丈夫だろうか。

「八城くん、今更なんだけど私が強引に連れ出したから上履きのまま来ちゃったんだけど、明日困らない？」

「にーちゃんが使ってたやつまだあったはずだから、明日はそれで行くよ。だから、大丈夫」

「そっか」

お兄さんがいるんだ。そんな言葉を続けそうになって口を閉ざした。私のことも聞かれる気がして、一瞬頭によぎった家族のことが心を微かに揺らしてくる。

それに八城くんのことを私は表面上でしか知らない。

よく笑っていて、社交的。クラスの中心メンバーのひとりで女の子から人気がある。けれど、彼にも触れられたくない部分がどこかにあるかもしれない。

私があまり家族のことを知られたくないのと同じように、人が心になにを抱えているかなんて表面上ではわからない。

穢れを纏っていたあやかしは河虎（カワコ）というらしい。弱っている河虎を連れて石段を登りきり、檸檬喫茶へと案内した。

玄関のドアを開けた呉羽が眉根を寄せて、開口一番に「厄介なことを持ち込みやがって」と吐き出した。

「あの、呉羽」

「事情は後で聞く。とりあえず全員入れ」

人間とあやかしを同時に連れてきた時点でわけありなのは一目瞭然。

呉羽が不機嫌そうなのではらはらとしたけれど、隣で八城くんが「弟いたんだ？」

と呑気に聞いてきたので気がぬける。

「彼は呉羽。この家に住んでいるあやかしだよ」

「え、あやかし!?　俺にも視えているのに？」

「うん。呉羽は人間に化けているんだ」

呉羽は妖力が強いので、あやかしが視えない人にも目視できるように人間に化けることができるのだ。力の弱いあやかしにはできないことらしい。

「お前らは手ぇ洗ってこい」

呉羽の鋭い視線が突き刺さり、慌てて八城くんを連れて洗面所へ行って手を洗う。

鏡に映る私の横に八城くんがいるのが不思議な気持ちになる。ただのクラスメイト。それだけなのに今私の家にいて隣に立っている。

「なんかいい匂いがする」

「たぶん、おばあちゃんがなにかお菓子を作っているんだと思う」

漂ってくる甘い匂いからは、どんなお菓子かは判別できない。あやかし用のお菓子とは別に私用のもきっと作ってくれているはずだ。

「家に入る前に檸檬喫茶って看板見かけたけど、喫茶店やってるの？」

「うん。基本的にあやかしがお客様だけど」

「え、すごいな！　そんなのあるんだ」

八城くんの反応は毎回想像とは違っていて反応に困る。引かれたり、戸惑うかと思っていたのに何故か目を輝かせていて楽しそうだ。

「……八城くんは、どうしてここまで来たの？」

手を洗っている八城くんを鏡越しに見つめながら、固く指を組む。

「普通なら怖いって思って避けるよ」

「知りたいって思ったから。清白さんが普段視ている世界を俺も視たい」

興味本位というよりも純粋にそう思っているのだと八城くんのまっすぐな瞳が物語っている。彼のような人は初めてで、動揺して言葉が出てこない。

「もしも本当に嫌だったら帰るから、言って」

八城くんはいつも無理強いをしない。自分の考えを述べた後に、私の意見を聞いてくれる。

今までおばあちゃんたち以外から、意見なんて聞かれたことはなかった。だからこんなとき、どう返すのが正解なのだろう。

帰ってほしいわけではない。彼が望むのなら、まだいてほしい。心の中でぐちゃぐちゃに入り混じる感情の整理がつかないまま、私は声を絞り出す。

「こ、怖くないならいて……いいよ」

もっと言い方があったかもしれない。ゆっくりして行ってとか、怖くなったら言ってとか、八城くんが不快に思わない言葉を口にしたかった。それなのにうまくいかずに、声まで震えてしまい羞恥心が迫り上がってくる。

今日はどうかしている。人とこんな風に関わることが久しぶりで距離の取り方がわからないせいかもしれない。

「本当⁉　ありがとう！」

散々頭の中で考えていたことが一気に吹き飛んでしまうくらいの明るい笑顔の八城くんに拍子抜けしてしまう。

向けられた笑顔にうまく返せないまま、ぎこちなく頷くことしかできなかった。

リビングへ行くと、紅茶のやわらかな匂いがしてほんの少し頬が緩む。呉羽が紅茶を人数分の淹れているようだった。

棚から食器を取り出していたおばあちゃんが私たちに気づくと、微笑んで手招きをした。

「べにちゃん、おかえりなさい」

「ただいま、おばあちゃん」

おばあちゃんは私の隣にいる八城くんに視線を移し、優しげに目を細めると口角を上げる。

「こんにちは。ゆっくりしていってね」

「突然お邪魔してしまってすみません。清白さんと同じクラスの八城千夏と申します」

意外にも丁寧な八城くんの挨拶に驚いてしまった。失礼かもしれないけれど、普段教室で見かける彼からは、想像がつかないくらいきちんとした話し方と言葉遣いだった。

「べにちゃんのお友達が来てくれるなんて嬉しいわ」

おばあちゃんの口から出た〝お友達〟という言葉が擽ったい。こうして家に誰かを連れてくるのは初めてなので、おばあちゃんは嬉しそうにしてくれている。

「それじゃあ、お菓子の用意をしてくるから、座って待っていてね」

エプロンをつけたおばあちゃんがキッチンへ消えていき、私は八城くんと河虎に席を勧める。

茶器がテーブルに静かに置かれると、呉羽が不服そうな面持ちで話を切り出す。

「で、これはどういう状況だ?」

普段からにこやかにしているところを見たことはないけれど、今日の呉羽は特に機嫌が悪い。

原因は私が突然わけありのあやかしと人間を連れて来たことなのはわかっている。

それに元々警戒心が強く、人間にもあやかしにも優しく接しているところなんてほとんど見たことがないのだ。

「ええっと、弱っているあやかしの河虎。学校で出会ったんだ」

「そっちの人間は」

「最初は河虎に追いかけられていて、クラスメイトの八城くんと一緒に逃げていたの」

呉羽の眉がぴくりと動いて、八城くんに鋭い視線を向けた。

「つまり、紅花に触れてあやかしを視たってことだな」

「で、でも、階段から落ちそうになったのを助けてくれたときにあやかしを視ちゃったの。八城くんは私が巻き込んだんだ。だから、彼は悪くないの！」

「必死に話さなくてもいい。別にお前に人と関わるなとは思っていない」

八城くんが嫌だというわけではないのはわかっている。呉羽は私やおばあちゃんの力を知っているからこそ、心配してくれているのだ。

「ただし、この件を口外するな。紅花やこの家を傷つけるようなことがあれば容赦しない」

「しない！　傷つけるようなことはしない。言いふらしたりもしない。約束する」

あやかしである呉羽相手にもっと怖がるかと思ったけれど、八城くんは萎縮することなく堂々と答えた。

呉羽もそのことに少し驚いたようで、珍しく目を丸くした後、そっけなく「ならい い」と返した。

てきた。

「こらこら、呉羽。あまり怒らないの」

キッチンでお菓子の用意をしていたおばあちゃんが、おぼんを持ってこちらにやってきた。

今日のあやかし用のお菓子は真っ白なアイシングがとろりと上からかかった檸檬ケーキのようだ。けれど、何故かお皿がふたつある。

食べるのは河虎だけのはずなのに。

おばあちゃんが八城くんに微笑みかけると、「味見してみる?」と言って、目の前のテーブルに置いた。

「俺もいいんですか?」

「ちょっと待って、おばあちゃん! 彼がその檸檬を食べても平気なの?」

もうひとつのケーキは、窓際の席に座っている河虎の前に置かれ、呉羽は淹れたての紅茶を添える。

おばあちゃんが育てた妖力を持った檸檬が使用されたお菓子は、あやかしのためのもののはずだ。呉羽だったら人間に食べさせることを注意しそうなのに、なぜかなにも言わない。

私やおばあちゃんは味見程度に食べることもある。けれど、八城くんは妖力がない人間なのに口にしてなにか起こってしまう危険はないのだろうか。

「大丈夫よ」

「……本当に？」

「妖力がない人間が食べれば一時的に妖力を得ることができるのよ。だから、あやかしを視ることができるわ」

「え、そうなの？」

おばあちゃんの知り合いの人が来たときは、檸檬を使っていないお菓子を出していて、私は人があの檸檬を口にするところを見たことがなかった。

「最初はアイツもときどき檸檬を食べて俺と会話をしていたことがある。疲れるらしく、滅多に食べなかったけどな」

呉羽は懐かしむように口角をわずかにあげた。彼のいう〝アイツ〟とは亡くなったおじいちゃんのことだろう。

「そうだったわねぇ。若いから体力はあるだろうけれど、食べすぎるとすごく疲れるみたいだから、ちょっとの方がいいわ」

ナイフで檸檬ケーキを半分に切り分けると、お皿にのせて八城くんの前に差し出した。

八城くんは「いただきます」と手を合わせる。檸檬ケーキにフォークを通すと、口に運んで顔を綻ばせた。

「美味しい！　すごく美味しいです」

気に入ってくれたようで八城くんはさらに口に運んでいく。檸檬ケーキを美味しいと言ってもらえて、おばあちゃんは嬉しそうだった。なんだか私まで嬉しくて自然と口元が緩んだ。

檸檬ケーキを食べ終わった八城くんが窓際の席を見て、感嘆の声を上げる。

「すごい！　河虎が視える！」

おばあちゃんが言っていた通り、妖力のない人が檸檬を食べると一時的に視えるようになるようだ。

「……はしゃぐな」

「いや、だってすごい！　こんなことってあるんだな！」

「だから言っただろう。視えるようになるって」

呉羽と八城くんが話しているのが不思議な光景だった。怖がらない八城くんもすごいけれど、呉羽から人に話しかけているのも珍しい。

「八城くん、身体はどこか変な感じはする？」

「ううん。大丈夫！」

八城くんは声に熱がこもっており、感動しているみたいだ。

一時期的とはいえ、あやかしが視えるようになってこんなにも嬉しそうにしている彼に驚きが隠せない。もしかしたら恐怖心よりも、好奇心の方が大きいのかもしれない。

「噂通り不思議な食べ物だな。本当に元気になってきた」

河虎は驚いたように檸檬ケーキをまじまじと見つめている。

弱っていた身体が元どおりの気力を取り戻したようで、話し方にも覇気がでてきている気がした。

「ありがとう。おかげで助かった。怖がらせて悪かったな」

「ううん。私こそ、驚いて逃げてしまってごめんね」

目を細めて微笑む河虎は子どものように幼い顔をしているのに、どこか達観しているような大人びた表情をしている。

「お前、そこに稀物(まれもの)が入っているな」

「え？　あ、もしかしてこれのこと？」

先日水縹から貰った綺麗なガラス玉、蛍光のことだろうか。

ポケットから蛍光を取り出すと、中に閉じ込められた黄緑色がキラリと光った。

「ああ、蛍光か。まだ輝きを失っていない。これを持っているのにふさわしいということなのだろうな」

「どういうこと？」

「これはふさわしくないものが持てば、濁っていく。そして、ふさわしいものが持てば、美しいものを見せてくれるはずだ」

「河虎は見たことがあるの？」

私の問いに河虎は首を横に振った。彼もそれを実際には見たことがないそうだ。

「噂によると見たものは一生忘れられないほどの幻想的な美しさらしいぞ」

それほどまでの美しいものを見せてくれるという蛍光に指先を触れてみる。けれどなにかが起こる様子はなさそうだ。

蛍光をどう扱えばいいのかわからないので、とりあえずいつもポケットに入れて肌身離さず持っている。もしかしたら、これの使い道に条件のようなものがあるのだろうか。

「助けてくれたお前たちに雨の加護があらんことを願う」

すっかり回復した河虎は深く頭を下げて、この家から出て行った。

ふと黙り込んでしまった八城くんのほうを見ると、先ほどまでのはしゃぎようが嘘のように元気がない。血色が先ほどよりも悪い気がする。

「八城くん？　顔色が少し悪いよ。大丈夫？」

あの檸檬を食べると疲れるらしいと言っていたので、それが原因かもしれない。

「ちょっと……なんていうか身体が重たくて。食べ過ぎたかな。美味しくてつい全部食べちゃったよ」

いつのまにかお皿の上のケーキは綺麗になくなっていた。美味しいと言ってくれるのは嬉しいけれど、彼の体調が心配だ。

「それにしても、河虎が元気になってよかった。あの小人のあやかしに感謝しないといけないよね」

まずいと思ったときには呉羽が反応していた。目を細め、八城くんではなく私を見てくる。

「小人のあやかしってなんだ」

「えっ」

「おい、紅花。なにを隠している」

特別隠すことではないかもしれないけれど、話してもいいことなのだろうか。

どっちにしろ話すまで呉羽は引いてくれなさそうなので、躊躇いながらも青時雨について話すことにした。

「青時雨が、その」

「青時雨だと？」

「この間から青時雨の身体が手に乗るくらいの大きさになってて……」

「はあ？」

呉羽は眉をつり上げ、大きな声を上げた。その勢いに驚いて私はびくりと肩を揺らす。

「アイツ、力を譲渡したな」

「譲渡？」

「青時雨ほどのやつの身体が小さくなるってことは、自分の妖力を別のやつに受け渡したとしか考えられない」

相当なことなのだろう。呉羽は深いため息を吐き、頭を抱えるように椅子に座った。

「力を渡すなんて、そんなことできるの？」

「アイツなら可能だ」

「……青時雨になにがあったんだろう」

力を渡すのは、自分が弱くなるということだ。呉羽のように青時雨も妖力の強いあやかしだと聞いている。そんな青時雨が、譲渡しないといけない状況が私には思い浮かばない。

それに青時雨が言っていた〝罪〟と関係があるのだろうか。

「べにちゃん、暗くなる前に近くまで送ってあげて」

「うん」

窓の外を見ると、もう暗くなってきている。八城くんの体調のこともあるし、早めに帰ったほうがいいだろう。

「え、大丈夫だよ。ひとりで帰れる。食べ過ぎたのも自業自得だしさ」

「けど、檸檬を食べた後だからちょっと心配なの。だから途中まで送らせて」

八城くんは「女の子に送らせるのはちょっと」と言って申し訳なさそうだったけれど、私は強引に押し切って、せめてあの長い石段の下まで送らせてもらうことにした。

外に出ると、少しだけ温度が低くなった風が吹いていた。

日が沈んでいるけれど、空には残照が残っていて、まだ少し明るい。

「強引に家まで押しかけてごめん」

「気にしないで。おばあちゃんも喜んでいたから。それに人嫌いの呉羽も、珍しく八城くんのこと気に入っていたみたい」

私が家に人を連れてくることなんて今までなくて、小学生の頃から周囲に馴染めなかったので、かなり心配をかけてしまっていたと思う。だから、おばあちゃんは私が誰かと関わっているのを見るのは嬉しいみたいだった。

八城くんと私はただのクラスメイトで友達と言えるような関係ではないけれど、こうしてあやかしのことを知っても嫌がらない人がいるというのは、私にとっては特別なことだった。

「力になれなくてごめんね」

「え？」

「八城くんが私に話しかけてきていたのは、幽霊が視えるって噂を聞いたからでしょ。軽い気持ちで近づいてきたわけじゃなかったのに酷い態度とっちゃったよね」

あやかしと幽霊は違う。私は一度も幽霊を視たことがないので、彼の力にはなれそうもない。

「いやいや、俺の方が失礼だったから、清白さんが謝ることじゃないよ。むしろ、言いにくいことを話してくれてありがとう」

彼の人気があるのは見た目の理由がほとんどだろうなんて、私は失礼なことを思ってしまっていた。けれど、こうして話していると、それだけじゃないということがわかる。

八城くんは優しい人だ。話もちゃんと聞いてくれて、頭から否定したりしない。屈託のない笑顔を向けてくれる彼と話していると、どんな悩みごとでも受け入れてくれるんじゃないかと思えてくる。それくらい寛容的な人で、必死に作っていた壁が少し薄くなっていく。

「俺、小学生の頃は泣き虫でさー、よくからかわれていたんだ」

「八城くんが？」

「意外？」

「うん。だって、今の八城くんはみんなの中心にいるような人で、人気者でしょ」

八城くんはわずかに眉を下げて「そうかな」と言って微笑んだ。

「俺と比べて親友……ヒロはさ、明るくて活発で、いっつも下ばっか向いていた俺を引っ張ってくれた。だから、ヒロのお陰であの頃の俺は学校に通えていたんだと思う」

八城くんが苦しそうに笑いながら親友について話しているのを見て、胸のあたりが鈍く痛んだ。

「八城くんにとって、本当に大事な人だったんだね」

「……そうだね。だから、幽霊でもなんでもいい。もう一度会えたら、ありがとうって言いたかったんだ」

自分の力が初めてもどかしいと思った。もしも幽霊が視えたのなら、八城くんの力になれたかもしれないのに。

それに私は当たり前のことに気付けなかった。

私から見れば、彼はキラキラと輝いている日常をずっと過ごしてきた人なのだと思っていた。けれど、話してみないと人の過去や痛みなんてわからない。

たくさんの人に囲まれているように見える八城くんにも、人間関係や自分自身のことで悩みがあり、今までにも乗り越えてきた辛い過去だってある。

別世界の住人のようにずっと思っていたけれど、そうじゃない。私のすぐ隣に彼はいて、手を伸ばせば触れられる。

「清白さん？　どうかした？」

立ち止まり、伸ばそうとした手をはっとして止めた。

私の手は、人に簡単に触れてもいい手ではない。八城くんが優しい人だからこそ、もう巻き込んではいけない。

「なんでもない」

雲に残った光が失われていく。もうすぐほんの少し寂しさを纏った夜がやってくる。

町が少しずつネオン看板の光に侵食されていくのを眺めながら、私たちはぽつりぽつりと会話をしながら石段を下った。

八城くんと別れて再び石段を上がっていくと、見覚えのある女の子がいつもの場所に座って空を眺めているのが目に止まった。

「あれ、べにちゃんだ」

私に気づいたまなかが驚いた様子で目を丸くしたあと、小さく手を振る。

「今日は珍しく帰り遅いんだね」

「ちょっとお客さんを送っていたの」

「そっかぁ」

膝の上で頬杖をつきながら、まなかがにっこりと微笑む。

「それより、いきなりいたからびっくりした」

「ちょっと石段の上の方まで探検してたんだ！　気づいたらこんな暗くなっちゃってた」

いつもはこの時間帯には家に帰っているため、まなかと夜に会うのは初めてだ。中学生が夜までこんな場所にいるのは少し心配になってしまう。

「青の時間が終わっちゃうね」

「青の時間？」

聞いたことがない言葉に首を傾げると、まなかは空を指差した。

「夕方から夜に変わる、ほんの僅かな時間。世界が青に染まることをブルーモーメントって言うんだって」

「ああ、逢魔時のことだね」

逢魔時には気を付けろと呉羽はよく言っている。この時間帯からあやかしの動きは活発になるらしい。

「その言葉だと一気に怪しげになるね」

肩を揺らしながらクスクスと笑っているまなかの隣に腰をかける。普段なら、少し立ち話をして帰っていくけれど、なんだか少しだけ話したい気分だった。

「まだ仲直りできていないの？」

「うーん、そうなんだよね。……難しいね。謝るって」

私はちゃんと喧嘩というものをしたことがない。嫌われて、拒絶されて、それで終わりだった。だから的確なアドバイスが思い浮かばい。

「私のためについてくれた嘘なのに、一方的に責めちゃったんだ」

「後悔しているなら、それを素直に伝えたらいいんじゃない？」

「……だけど、伝えるって思ったよりも難しくて」

喧嘩して謝って仲直り。きっとそう簡単にすべてが丸く収まるわけじゃない。

そこには人の感情も存在していて、譲れないことや意地を張ってしまったり、受け入れられない感情もあるのだろう。

「あまり遅くなると帰り危ないよ」

「そうだね。そろそろ帰ろうかな」

青の時間は終わり、空は飲み込まれそうなほど深い夜の帳に包まれている。

「じゃあ、またね。べにちゃん」

石段を下っていくまなかを見送る。彼女は仲直りをすれば、もうここへは来なくなるのだろうか。少しだけ寂しさを感じるのと同時に、ほっとする気持ちもある。

八城くんのようにあやかしのことを受け入れてくれる人よりも、拒絶する人の方がほとんどだ。

怖がらせたくない。明るくて笑顔が似合うあの子を迂闊にこちら側に巻き込んでしまう前にきっと離れてしまったほうがいい。

翌日、いつもよりも早く家を出た。

まなかは学校へ行く前にここにいるときもあるので、今後はできるだけ接触は控えていくために時間帯をずらすことにした。

朝日を浴びながら石段を下り、昨日のことを思い返す。

八城くんを送ってから家に帰ると、おばあちゃんが嬉しそうに「いい子ねぇ、千夏くん」なんて言うので、反応に少し困ってしまった。

きっともう八城くんを家に連れて来ることもないだろうし、これ以上は親しくならない。あやかしのことを知られても拒絶されなかったことは安堵したけれど、彼のことも無闇に巻き込みたくないのだ。

でも久しぶりに家が賑やかだった。いつもは私と呉羽とおばあちゃんだけで、時折事情があるあやかしがやってくる。そんな日常の中に同級生の男の子が混ざるなんて思いもしなかった。

「ねえ、あの噂聞いた？」

教室に着くと、クラスメイトの女の子数人が集まって話しているのが聞こえてきて反射的に体が強張る。

噂という言葉には悪い予感しかしない。けれど、あの八城くんが言いふらすようには思えなかった。

それとも同じ中学出身の人がまたなにか流したのかもしれない。私のこととは限らないのに、妙に緊張してしまった。

「八城くんの彼女の話」

「え、彼女いたの？」

聞こえてきた内容に違う意味で驚き、息を飲む。

彼女がいる？

それなら、昨日手をつないで逃げていたのはまずいかもしれない。偶然にも誰かに目撃されてしまったら勘違いされてしまう。

今度は違う意味で冷や汗をかいてきた。

平然を装いつつ、自分の席についていつも通りに本を開く。けれど、自然と彼女たちの会話に意識が向かってしまう。

「それがさぁ、二月に事故で亡くなったらしいよ」

「え、そうなの？」

「その話聞いたことある。西中の三年生が亡くなったって学校で噂になってた。事故の場所、わりとここから近いんでしょ？」

「駅の近くにある大きな坂のところだよね」

「そうそう。雨で自転車がスリップしたって聞いた」

「でもその子、彼女じゃなくて八城くんの幼馴染みだったはずだよ。名前は――」

椅子が床とこすれ合い、思いっきり後ろの机にぶつかる音がした。

その音を自分が立てたのだと自覚したのは、教室にいる生徒たちの視線が集まっていたからだった。

私は無意識に席から立ち上がっていて、心臓が五月蝿いくらいに暴れ出している。

「え、なに？」

困惑した様子で私のことを見つめているクラスメイト。けれど、私は考えることでいっぱいいっぱいで、なにも答えることができない。

喉元が焼けるように熱くて、心臓が破裂しそうなほど脈を打っていて、握りしめた手には汗が滲んでいた。

二月。駅の近くの坂道の事故。降らない雨。そして――名前。

なにが起こっているの？　これはただの偶然？

信じられない。信じたくない。

助ける交換条件を口にした青時雨が、坂の方向を見上げていた姿を思い出す。

——あの雨の日の……僕の罪を暴き、裁いておくれ。

青時雨の罪を私は気づいてしまった。

教室で集まる視線から逃げるように廊下に出ると、誰かとぶつかりかけた。

一気に身体に溜まった熱が冷えていき、慌てて身を引いて謝る。すると、頭上から清白さん？ と声が聞こえてきたので、おずおずと顔を上げた。

「……八城くん」

「清白さん、どうしたの？」

「あ、あの」

きょとんとした顔で瞬きをしている八城くんをじっと見つめながら、言葉に詰まる。自己主張を繰り返す心臓の大きな鼓動に緊張感が増していく。

「いきなりで申し訳ないんだけど、昨日話してくれた八城くんの親友の本名を教えて」

「え、本名？」

「それとできたら写真があれば見せてほしいの」

私の急な頼みに困惑しながらも八城くんはポケットから携帯電話を取り出して、画像を探してくれた。

見せてもらった画面に映っている人物に血の気が引いていく。私を呼ぶ八城くんの声が聞こえたけれど、なにも答えられなかった。

——行かなくちゃ。

きっと今行かなくてはいけない。そう直感して、私は走り出した。

息が上がっても、喉が痛くなっても、足が重たく感じても、がむしゃらにあの場所を目指した。

思いっきり走ったせいか足の裏がズキズキとする。汗をかいた肌に纏わりつく髪を払いのけて、息を整えていくために歩く速度を緩めて石段を登っていく。

肺に溜まった息を吐き出して、私は前を向いた。数段先に座っている彼女が私にいつも通り笑いかけてくる。

「おはよう。べにちゃん、そんなに急いでどうしたの？」

明るくて可愛い中学生の女の子。

朝と夕方に時々ここで見かける彼女は大事な人と喧嘩をしてしまったと話していた。

「べにちゃん？」

「貴方は、誰」

声が震えた。彼女から笑みが消え、表情が強張っていくのがわかる。

「……何度も会ってるのに忘れちゃった？　まなかだよ」

「本当に貴方は〝真中比呂（まなかひろ）〟？」

まなかは目を見開き、立ちあがった。私を見下ろす瞳はどこか切なげに見える。

「どこでその名前を聞いたの？」


今年の二月にこの坂道の途中で中学生が亡くなった。

その日の夕方は予報外れの雨が降っていて、勢い良く坂道を下っていた自転車のタイヤが滑り、転げ落ちてしまった。

中学生はガードレールに身体を打ち付け、頭部を損傷し、失血死。先ほどクラスメイトたちが話していた事故のことだ。

『二月に事故で亡くなったらしいよ』

『西中の三年生が亡くなったって学校で噂になってた』

『でもその子、彼女じゃなくて八城くんの幼馴染みだったはずだよ。名前は——真中比呂』

西中の三年生で八城くんの幼馴染。——マナカヒロ。

『私、同級生からは、まなかって呼ばれてるんだ』

『俺と比べて親友……ヒロはさ、明るくて活発で、いっつも下ばっか向いていた俺を引っ張ってくれた』

同級生からは苗字の〝まなか〟と呼ばれ、八城くんだけが下の名前の〝ヒロ〟と呼んでいる。バラバラに思えていたものが繋がっていく。

「この坂道の途中で二月に亡くなった子の写真をさっき見せてもらったの。そしたら、貴方にそっくりだった」

「……そう」

真中比呂は亡くなっていて、私には幽霊は視えない。

それなら目の前の彼女は何者なのだろう。

「貴方は、誰？」

私の問いに目の前の少女は目を伏せて、小さく笑った。

「誰、と言われると答えに困るけど。うーん、そうだなぁ。私は真中比呂の記憶を持っている。けれど、今はあやかしと呼ばれているモノだよ」

「どうして……人間があやかしになんて」

八城くんが会いたがっていた親友は彼女で間違いない。

真中比呂は人間として亡くなっている。つまりは死体が存在していて、人間だったということ。けれど、人間があやかしになるなんて私は聞いたことがない。

「あの馬鹿、人間の魂に妖力を与えたな」

石段を登りきった先に立っていたのは漆黒の髪に金色の瞳を持った少年。

「呉羽！」

眉根を寄せ、怒りを露わにしている呉羽はまなかの元へと歩み寄る。買い出しに行く予定だったのか、買い物用のカバンを肩にかけていた。

「最近紅花が会っていたあやかしはお前だな」

「初めまして。貴方もあやかしだね」

まなかは屈託のない笑顔で呉羽に「よろしくね」と手を差し伸べたけれど、呉羽はそれを一瞥してポケットから手を出すことはなかった。

「お前が事故に遭った直後、人間の魂に妖力を定着させられて、あやかしになったんだろ」

「そんなことできるの？」

真中比呂は亡くなったはずだ。それなのに魂に妖力を定着させて、同じ姿のまま、あやかしとして存在させるなんて初めて聞いた。

「死んだ直後なら可能だ。ただ代償にそのあやかしはかなりの妖力を失う。そんなことするあやかしなんて滅多にいないが、最近姿を見せないアイツがしでかしたことだろう」

「……青時雨」

身体が小さくなり、妖力が減ってしまったのは、まなかをあやかしにしたから。

そして、その理由は——おそらく雨が関係している。

「ねえ、まなか。忘れてほしいって言っていたのは、まなか自身のことをだよね」

「……うん。最初から私が存在していなかったら、誰にも悲しい思いをさせずに済んだから」

きっとその〝誰にも〟の中には、八城くんも含まれているのだろう。

幽霊が視えると噂されている私に話しかけてきたくらい八城くんにとって、まなかは大事な人だった。

それなのに、忘れてほしいだなんて八城くんの気持ちを考えると胸が圧迫されるように苦しくなる。

「けど、八城くんは貴方に救われていたって言ってた。小学校の頃、学校に通えていたのは貴方がいたからだって」

「八城って、まさか」

「八城千夏」

「千夏……そっか。同じ学校だもんね」

八城くんにもまなかにもそれぞれ事情や心情があって、部外者の私が踏み込んでいくべきことではないのかもしれない。

私が彼女と出会ったときには、すでにあやかしで人間の彼女ではなかったのだ。

それでも、私が彼女と過ごした時間はかけがえのないものだった。人でもあやかしでも彼女の存在は誰かの心に影響を与えてくれている。

「貴方の存在に救われていた人がいる。その人の気持ちをなかったことになんてしないで。私だって貴方と話している時間が好きだった。友達とか全然いないから……だから話しかけてもらえて嬉しかったの」

笑顔が可愛くて、明るい女の子。そんなまなかは眩しくて、人とうまく付き合っていけない私とは真逆で手の届かない存在で羨ましかった。

「ありがとう。べにちゃん」

私はまなかがなにかを抱えていると気づいていたのに、自分にはなにもできないと思って諦めて、気づかないふりをしていた。

誰かと関わり合うのが怖くて、自分のことばかりを守っていたのだ。

「私ね、あやかしにしてくれた彼には感謝しているの。自分の力を失ってまで救ってくれた。だから、消えたいなんて思っていないよ」

「……そうなの?」

「うん。だけどね、人間の頃の私を知っている家族や友達が辛そうにしているのを見ちゃって、いっそのこと私に関する記憶が消えちゃえばいいのになって思っちゃったの。できるはずないのにね」

まなかが今にも泣き出しそうなくらい弱々しく微笑む。

頼りなく空気を掴んだ手に視線を落とし、自分にできることを考えた。私にできることは限られている。けれど、きっと私にしかできないことがある。

これからあやかしとしてどう生きていくべきなのか悩むまなかを、一旦檸檬喫茶へ連れていくことになった。私も一緒に行こうとしたけれど、呉羽におばあちゃんが心配するから授業だけはきちんと出ろと怒られてしまった。

呉羽がまなかを檸檬喫茶に連れて行ってくれることになり、放課後まであの場所で待っていてくれるそうだ。

それとまなかは青時雨のことを捜しているけれど、姿を見せてくれないらしい。

青時雨の言っていた罪や、まなかのことを考えるとこのまま放っておいていいはずがない。きちんと話をするためにも青時雨のことも捜したい。けれど、どこに行ったら彼と会えるのだろう。

上履きのままとぼとぼと再び学校へ向かっていく。今朝はいつもより早く家を出たおかげで、ギリギリ一限目には間に合いそうだ。

そういえば青時雨が学校に来て、自分の目で重さを見ておきたかったと言っていたのは、高校生になれなかったまなかのことに対してかもしれない。もしかしたら、青時雨は今も学校にいるのだろうか。

「おや、檸檬喫茶のお嬢さん」

校門を通過したところで、聞き覚えのある声がした。振り向くと、水色の鳥のようなあやかしがいた。以前檸檬喫茶に来た水縹だ。

念のため辺りを見回してみたけれど、ホームルームが始まっているからか周りに人はいない。ほっと胸を撫で下ろして、水縹に話しかける。

「おはよう。水縹」

怪我はすっかり治り、元気そうだ。血のシミもかなり薄れているのでほとんどわからない。

「そうだ。水縹に聞きたいことがあるの」

「なんでしょう」

「お面をつけている小さなあやかしを見かけなかった？」

あやかし同士なら、なにかわかるかもしれない。そんな期待をして訊いてみると、水縹は瞬きをして首を傾げた。

「面をつけた小さなあやかし、ですか？」

「青時雨っていうんだけど、知らない？」

「ああ、彼のことですか。青時雨なら、最近よくこの辺りにいますよ」

近くにいるのならまだ捜しやすい。早く青時雨を見つけて檸檬喫茶に連れて行きたい気持ちにかられたけれど、ぐっと踏み止まる。

「おそらく、青時雨なら水のある場所にいると思います。彼は雨のあやかしなので、水のある場所を好むはずです」

「ありがとう！　捜してみるね」

ひとまずはおばあちゃんに心配かけないためにも、呉羽との約束を守って授業に出ないといけない。

私は水縹と別れて、急いで教室に戻った。

先ほど私が飛び出していったことを知っているクラスメイトからは訝しげな視線を感じたけれど、特になにかを言われるわけでもなく、誰も私には話しかけてこなかった。

そのことに安心すると、不意に八城くんと目があった。

言いたげに私のことを見つめていて、まなかのことを話すべきなのか迷う。けれどどう説明するべきなのかわからず、私は八城くんに声がかけられなかった。

昼休み、水縹が言っていた水のある場所を捜し回った。

学校で思い浮かぶのは、水道くらいで、一階から順に捜したけれど青時雨の姿は見当たらなかった。

あと思い浮かぶのは、体育館に隣接した場所にプールがあるので、そこくらいだ。昼休みでは時間が足りなかったため、放課後に見に行くことにした。

帰りのホームルームが終わったと同時に教室をあとにして、一階から外に出る。体育館へとつながるむき出しの渡り廊下を進んでいくと、分かれ道が現れた。そこを右折すると、プールの更衣室にたどり着いた。

更衣室を抜けた先にある灰色の扉を開けると、一面に真っ青な水が広がっている。風も吹いていないのに揺れている水面。その中心にはお面をした小さなあやかしがいる。

「やっと見つけた」

私の声に青時雨が緩慢な動作で振り向く。

「おや、紅花様」

プールの方へ歩み寄ると、青時雨の前にそっと手のひらを広げる。すると、青時雨はよじ登るようにして私の手の上に立った。

以前は人間の男の人くらい大きかったのに、今ではこんなにも小さい。

「青時雨の罪は、あの日雨を降らせたこと？」

「……彼女に会ったようだな」

すべてを悟った様子で、青時雨が手のひらの上に腰を下ろした。そして、青く澄んだ空を仰ぐ。

「僕が雨を降らせたりしなければ、彼女は死ななかった」

まなかが亡くなった日の予報外れの雨は青時雨が降らせたもの。

そしてまなかが、自分の降らせた雨のせいで自転車を滑らせて亡くなったということに青時雨はずっと責任を感じていたのだ。

「けれど、青時雨は故意に起こしたわけではないよね」

「それでも僕が彼女をあやかしにしてしまった。あのときは最善だと思ったけれど、今は取り返しのつかないことをしてしまったと思う」

「それは……」

確かに人間をあやかしにするなんてことをしてはいけなかった。

いくら事故に遭って助からないとはいえ、あやかしとして生きるなんてことは理から外れてしまっている。

「彼女は今何処に？」

「檸檬喫茶にいるよ」

「そうか。あの場所にいるのなら安心だ」

「これから青時雨も一緒に来てくれる？」

「ああ、わかった」

青時雨の言っている罪は、雨を降らせたことだけではない。真中比呂をあやかしにしてしまったことも含まれている。けれど、それを青時雨自身でどう決着をつければいいのか、迷っているのかもしれない。

人間だったまなかをあやかしとして生きていく選択をさせていいものなのか、それともあやかしとして消すべきなのか。

青時雨はきっとその選択を彼女から聞くのが怖いのかもしれない。

人が来る前にプールから出て、校舎裏の方から回って校門を抜ける。いつもよりも人が多いので、警戒しながら歩いていると後ろから声をかけられた。

「清白さん！」

振り返ると、どこか不安げな表情を浮かべている八城くんが立っている。

「朝走ってどっか行っちゃったし、今日は様子がおかしかったから気になっていたんだけど。もしかして、なにかあった？」

八城くんはあやかしとは無関係のはずの人間だけど、彼には知る権利がある。困惑させるだけかもしれない。彼のためにも、こちら側に引き込まないように本当は会わせない方がいいのかもしれない。

それでも、彼はまなかに会いたがっていた。まなかもきっと彼に伝えたいことがあったはずだ。

『……難しいね。謝るって』

謝りたくても、あやかしの声に気づけない八城くんには届かなかった。

私にできることは、ふたりを会わせること。そして、まなかにとって心残りの仲直りの手伝いをすることだ。

「あの、八城くん」

私はいつも人目ばかりを気にしていた。少し前なら、人が行き交うこの場所で声をかけられたら逃げるように帰っていただろう。けれど、今はそんなことにとらわれていられない。

「これからうちに来てほしい」

「清白さんの家に？」

「大事な話があるの」

ごめんなさい。と心の中で八城くんに謝った。

またあやかしのことに巻き込んでしまう。けれど、今日だけは私のお節介に付き合ってほしい。

まなかがどんな未来を選択しても、もう八城くんとは違う未来にいる。

だから、最後にせめて――。

家に帰り、玄関のドアを開けると甘い匂いが鼻腔をくすぐった。きっとおばあちゃんがお菓子をまなかに振舞っているのだろう。

リビングまで行くと、誰もいなかった。不思議に思って窓の外を見ると、庭にある丸いテーブル席にまなかとおばあちゃんと呉羽がいた。

窓を開けると、三人の視線がこちらへ向けられる。

「来たか」

「あらあら、いらっしゃい。今日はお客様がたくさんいるわね」

「こんにちは。おじゃまします」

開いた窓から顔を覗かせた八城くんは〝おばあちゃんと呉羽〟に向かって声をかけた。まなかは少し寂しげに目を細めて、「千夏」と彼の名を呼ぶ。

けれど、八城くんは全く気付かない。私からは人間のようにしか見えない彼女があやかしなのだと改めて実感した。

まなかは私の肩の上にいる青時雨に気づくと、僅かに目を見開いて嬉しそうに微笑む。

「べにちゃん。青時雨と千夏を連れてきてくれたんだね。ありがとう」

「……うん」

窓際に立っている八城くんの手にそっと自分の手を重ねると、八城くんは突然のことに驚いた様子で声を上げた。

「え、ちょ、どうしたの？　清白さん」

「これが私にできることだから」

あの檸檬の入ったお菓子を八城くんに食べさせれば、まなかのことを見えるかもしれないけれど、疲れて話どころではなくなる可能性がある。嫌がられているかもしれない。それでも今日は私と手を繋いだ状態で、話をしてもらいたいのだ。

「八城くんがずっと会いたかった人がここにいるの」

「え？」

一番奥の席に座っているまなかが八城くんの視界に映ったようで、大きく見開かれた目が動揺したように揺れ動いた。

「うそ、だろ。幽霊は視えないんじゃないの？」

「彼女は――あやかしなの」

「え、ちょっと待って。ヒロは人間じゃなかったってこと？」

まなかは静かに立ち上がり、首を横に振る。

「私は人間だったよ。だけど、事故の後に青時雨があやかしにして救ってくれたの」

中学の制服を着ている女の子。その姿は人間のようにしか見えない。けれど、彼女は残酷なくらい眩しい笑顔で自分のことを話していく。

「なんだ、それ……じゃあ、今目の前にいるヒロは？」

「人間じゃないよ」

触れている八城くんの身体がぴくりと動いた。

信じられないと言いたげな眼差しが一瞬だけこちらに向けられるけれど、私はなにも言えなかった。

それを肯定だと悟ったのか、八城くんは眉を下げて視線を落とす。

「そう、だよな。ヒロは死んだんだ」

夕日が私たちに降り注ぐ。

切なさを帯びた黄昏時に八城くんの心が沈んでいく気がして、繋ぎ止めるように八城くんの手を掴む力を強めてしまった。

そのことに驚いたように八城くんが視線を上げる。

「八城くん。辛いかもしれないけれど、まなかの、彼女の話を聞いて」

まなかはまだ伝えたいことがあるはずだ。視線をまなかに送ると、不安げにぎこちなく頷いた。

「私は、今は真中比呂の記憶を持ったあやかしだけど、千夏にはあの日のことをずっと謝りたいと思っていたの」

抱えた思いをほどいていくように、ゆっくりとまなかは言葉を紡いでいく。

「自分勝手なことして、ごめんね」

「あれは……ヒロの気持ち知っていたのに、兄ちゃんに彼女ができたってヒロに言わなかった俺が悪い」

「私が勝手に千夏に八つ当たりして、逃げるように家を出たんだよ。昔っから千夏のことを困らせてばかりだったよね」

まっすぐに前を向いたまなかの瞳には涙が溜まっていて、声が微かに震えている。

「千夏、ありがとう。私の幼馴染でいてくれて」

降り注いだ夕日が、流れ落ちたまなかの涙をきらりと光らせた。

後悔が全て消えたわけではないだろうけれど、それでもまなかの願いをひとつでも叶えられたのだろうか。

「あのさ、ヒロ」

「うん」

「ヒロは大事な親友で、昔からずっと姉弟みたいで、たくさん支えられてきた。っ、俺の方こそ、幼馴染でいてくれてありがとう」

触れていた手が八城くんの方から強く握られる。崩れ落ちそうな彼の心を支えるように私も握り返す。

「今でもまだ信じられないんだ。ヒロがいないなんて」

　隣にいる彼を見上げると、一筋の涙が見えた。

「いつもみたいに家に遊びに来るんじゃないかって……そんな気がして、全部夢だったらいいのにって何度も思った」

「……千夏」

「でも、こうして会えてよかった。あのままの別れだったら、一生後悔してた」

　泣くのを堪えているかのようにまなかは眉間にしわを寄せながら微笑む。

「私も、もう一度会えてよかった。私にとって千夏は家族で姉弟で、大好きな親友だよ」

　潤んだまなかの瞳に太陽の光が滲み、長い睫毛が影を落としていく。

「だからね——さよならしよう」

　八城くんは悲しげに目を伏せる。一呼吸置いて、決意をしたようにぎこちなく微笑み返した。

「ヒロ、今までありがとう」

　まなかはもう人間ではない。

　だから、今までのように八城くんの幼馴染としては生きていけない。

　人間としての真中比呂の人生は終わってしまっている。それを八城くん自身もわかっているようだった。

まなかは八城くんの言葉に寂しげに頷く。

「私の方こそ、今までありがとう。千夏」

お互いの姿を心に刻むように微笑みながら見つめ合っていた。

再会できても、もう彼らは一緒にいられないのだと思うと胸が押しつぶされるように苦しくなる。私には八城くんにまなかの姿を視せることしかできない。

まなかは私の肩に乗っている青時雨に視線を移すと、愛おしげに微笑んで手を伸ばす。

「貴方の声、ずっと聞こえていたよ。私のこと必死に助けようとしてくれた」

「しかし、僕は君をあやかしにしてしまった。してはいけないことをしてしまったのだ」

「それでも、私は今ここにいられて幸せだよ。だって普通なら死んだ後に、だれかと話をすることも、謝ることもできないはずなんだもの」

青時雨の小さな手がまなかの人差し指に遠慮がちに触れて、懇願するようにお面がついた顔を押し付ける。

「どうか僕の力をすべてもらってくれ」

まなかは驚いたように指を曲げた。

「そしたら貴方はどうなるの？」

「そのようなことは気にしなくていい」

「私は雨の降らせ方もわからないし、あやかしとしての生き方もわからない」

「……すまない」

学校で青時雨と会ったあの日のことが、今になって繋がっていく。

『最近、雨降らせないね』

『降らせ方がわからないんだ』

そう言っていたのは、まなかが雨の降らせ方がわからないということだったようだ。

「君があやかしとして生きるのが嫌であれば、私の手で終わらせることもできる。……君はどうしたい？」

「私と一緒にあやかしとして生きてほしい。そして、たくさんのことを教えて」

「それは随分と優しすぎる償いだな。しかし、妖力が少なくなった私の命は残りわずかだ。もうじき朽ちて消えるだろう」

信じがたい言葉に、心臓が不規則に跳ねる。青時雨は妖力を譲渡したことによって、いつ死んでしまってもおかしくない状態のようだった。

「そんな……貴方は消えちゃうの？」

上擦った声を上げたまなかが、引き止めるように青時雨の着物を掴む。

おそらく彼としては力を全て受け渡すことを望んでいるのだろう。けれどまなかはそれを望んではいない。

私が口をだしていいことではないのはわかっている。

それでも、願ってしまう。

もう十分辛い思いをしてきた彼らが、少しでも明るい未来を手にすることができるように。

青時雨もまなかも八城くんも——みんな幸せでいてほしい。

「え……なに？」

私のブレザーのポケットから光が溢れ出した。

おそるおそる中のものを取り出すと、水縹からもらった黄緑色のガラス玉——蛍光が光を放出している。

すっかり日の落ちた空に向かって、蛍光が飛んでいった。

ぱちんと弾けると、黄緑色の光の集合体が細くなって、散らばっていく。それは、夜空から黄緑色の光の雨が降っているようで、息をのむほど幻想的だった。

「すごい……これ、清白さんが？」

手を握ったまま隣にいる八城くんが感嘆を漏らす。

「わ、私は特になにも」

「紅花様の想いに共鳴したのだろう。蛍光は誰かの幸せを願う想いが光の雨となり、幸福をもたらす」

青時雨はお面をとり、嬉しそうに目を細めている。

「ああ……なんて美しい。生きているうちに見ることができるとは」

長く生きている青時雨も、蛍光の雨を見るのは初めてのようだ。光の雨が私たちに降り注ぎ、あまりにも美しいこの光景に心が奪われる。

『助けてくれたお前たちに雨の加護があらんことを願う』

河虎はこのことを言っていたのだ。

私はこんなにも美しい夜を初めて見た。それは、雨のような流れ星のような、希望の光。

一瞬一瞬が心に刻まれていく。まるで魔法みたいだった。

光の雨はやがて青時雨の方へと向かって伸びていく。

「これは……」

青時雨に降り注ぐ光は、彼の体内へと光が吸収されていった。そして体が宙に浮かび上がると、手のひらサイズだった彼がみるみる大きくなっていく。

「力が……戻ってきた」

人間の大人くらいの大きさになった青時雨は、自身の手を閉じたり開いたりを繰り返して目を見張っている。

「おそらく紅花がお前たちの幸せを願ったからだ」

私のことを横目で見やった呉羽は呆れたような表情で「お人好し」と呟いて、ため息を吐いた。

「紅花様……っありがとうございます」

青時雨が深々と頭を下げる。私だけの力ではなく、蛍光をくれた水縹のおかげだ。

「頭をあげて。こんなに綺麗な光景を見ないのはもったいないよ」

いまだに空に流れ星のように降り続いている蛍光を見つめながら、顔を綻ばせる。

蛍光の力によって青時雨が消えずに済んだのなら、あのときに願ってよかった。

「青時雨」

呉羽の厳しい声が、和やかになりつつあった空気を裂くようにして聞こえてきた。

「お前の罪を裁けるのは、そこにいる真中比呂だけだ」

「……君も存外甘いな。呉羽」

青時雨がまなかの元へと歩み寄る。すると、まなかは青時雨に手を差し出して微笑んだ。

「私と共に生きてくれる？」

青時雨はその手をとり、答えるように微笑み返した。

「我が命は君と共に」

切ない別れと、共に生きていく決意をしたあやかしたち。

それは光の雨が降る四月の夜の出来事だった。

先ほどの光の雨が夢だったかのように、外は静けさを帯びた夜闇に包まれていた。いつもよりも月明かりが鈍く、寂寥としている。

少し進んでいくと、駅のホームや周辺のお店のネオン看板が見えてきて、先ほどとは別の眩しさを感じた。

「ありがとう。ヒロに会わせてくれて」

「……私にできることはあれくらいだから」

「清白さんのおかげだよ」

石段の辺りで隣を歩いていた八城くんが足を止めた。

「喧嘩別れしちゃって、ずっと後悔してたから、話せてよかった」

肌寒い春の夜風が八城くんの柔らかそうな髪を揺らす。

「清白さんの手は、魔法みたいだ」

「私の、手が？」

この手は、誰かを怯えさせて怖がらせることばかりだった。

誰にも迷惑がかからないように、人に触れないように過ごしていかないといけない。そう思っていた。

ああ、でも違う。

「清白さんは自分の力が嫌なのかもしれないけど、それでも俺はこの手に救われた。ありがとう」

私はずっと——誰かに受け入れてもらいたかった。

自分が好きになれないものを、誰かに受け入れてもらえたら、少しは好きになれるかもしれない。

叶わないと諦めながらも、そんな思いを消しきれなかった。

「っ、八城くん」

零れ落ちた涙が温かい。泣いたのは久しぶりだった。小学校の頃から、辛いことがあっても、感情を押し殺してきた。すっかり涙は枯れ果てたと思っていたけれど、まだ泣けたみたいだ。

「え、清白さん⁉」

慌てた様子で、おろおろとしながら八城くんが私の顔を覗き込む。

「えっと、俺ハンカチ持ってなくて……これしかないんだけど」

ポケットからティッシュを取り出した八城くんが、涙を流し続ける私の頬を拭いてくれる。

「もしかして、無神経なこと言った？　その力で清白さんはたくさん辛い思いしてきたんだよね。それなのに、ごめん」

「ううん。八城くんはなにも悪くない」

心配をかけたくないのに涙が止まってくれない。

涙ってこんなに温かくてしょっぱいものだったらしい。そんなことさえ、忘れていたくらい長いこと涙を流していなかった。

「あのさ、清白さん」

八城くんが手を止めて、くしゃくしゃになったティッシュを握りしめた。

「俺と友達になって」

「とも、だち?」

そんなことを初めて言われた。あまりの衝撃に目を丸くして、呆然としてしまう。

「なんか改まって言うと照れるな。けどさ、清白さんは人と関わっていくのを避けて生きてきたんでしょ?」

「……うん」

「それなら、俺と友達になってこれから関わっていこうよ」

一歩を踏み出すのはいつだって怖い。私のこの力は、妖力のない八城くんを巻き込んでしまうかもしれない。

それでも、私は嬉しいと感じてしまった。踏み出したいと強く思ってしまう。

「私と友達だと……その、あやかし絡みのことに巻き込まれるかもしれないよ?」

「いいよ。俺にできることは少ないかもしれないけど、力にならせて。盾にくらいならなれるかも」

「どうして……」

高校で同じクラスになっただけの私に、ここまで言ってくれるのはどうしてなのだろう。不思議に思っていると、八城くんがはにかんだ。

「だって清白さんのおかげで、ヒロと仲直りができたんだ。それに、清白さんともっと話したいって思うからだよ」

「私でいいの？」

「清白さんがいいんだよ」

友達。その響きは少しくすぐったい響きに心が温かくなる。

「ありがとう」

私は笑って頷くと、八城くんは嬉しそうに笑い返してくれた。

その夜、予報外れの雨が降った。

乾いた土と花を潤すような優しくて、控えめな紅雨。

それは、彼女が降らせた初めての雨だった。

五月の薫風

久しぶりに夢を見た。

『紅花ちゃんとは遊びたくない』

目をまっすぐ見て言われた言葉が、いまだに心を抉るようにくり返される。

私に触れた子は怯えるように泣いていて、傍にいる子たちは冷ややかな目で拒絶していた。

場面が切り替わり、小学生だった私は中学生の体操着を着て校庭に立っている。

『清白さんって暗いよね。いっつもひとりだし』

『幽霊視えるらしいよ。時々会話してるんだって』

『なにそれ、こわいんだけど』

クラスメイトの女の子たちが小声で話しながら、私のことをおもしろがるように見ていた。

体育では私とペアになりたがる人がいなくて、じゃんけんで負けた子が渋々といった様子で私と組む。

いつもなら胸の鈍い痛みと、逃げ出したいという思いでいっぱいになるのに、夢だとわかっているからか客観的にその光景を眺めていた。

また場面が変わり、今度は放課後の校舎前だ。

『や、やめて！』

私の腕を強引に引っ張ってくる女の子。このときの私はあやかしが近くにいないか不安で仕方なかった。

『いいじゃん！　肝試し行こうよ！　幽霊視えるんでしょ』

『違う！　誤解されてるだけだから、やめて』

『清白さんがいると盛り上がりそうだし、いいじゃん』

嫌がる私を肝試しに連れて行こうとする女の子と、それをおもしろがって見ている男の子たち。

突き飛ばして逃げてしまいたかったけれど、怖くてそんな勇気は出なかった。そんな私を救ったのは、陸上部の顧問の先生だった。

偶然通りかかったようで、なにをしているのか聞かれると、彼女たちは慌てて去っていった。

記憶はそこで終わり、今度は私の目の前に小さな女の子がうずくまっている。

『どうして……ひどいことばかり言うの？』

……泣いている女の子は幼い私だ。

やがて私は自分が壊れてしまいそうで怖くて、痛みから身を守るようにひとりの世界に閉じこもった。けれど、人やあやかしと関わることで仄暗い私の心に優しさが灯り、温かさを知った。誰かと関わることは怖いことばかりではない。

いきなり私の世界を百八十度変えることは無理があるけれど、少しずつ変わり始めている。

泣きじゃくっている幼き日の私の頭に手を伸ばし、そっと撫でた。

「大丈夫だよ」

その一言だけ伝えると、目が覚めた。

チョークの跡が残る黒板を消しながら、大きな欠伸を漏らす。昨夜眠りが浅かったせいか、今日は一日中眠たかった。

白いチョークで日直の欄に次の担当者の名前を書き、ようやく日直の仕事は終了。本来であれば、日直はふたり体制だけれど、もうひとりは体調不良で午前中に早退してしまった。

「清白さん」

窓に鍵をかかっているのを確認していると、ひとりぼっちだった教室に私以外の声が聞こえてきた。

振り向くと、八城くんが入り口あたりに立っている。

「この後って時間ある？」

「うん」

「よかった！　一緒に寄り道して帰ろう」

〝寄り道〟という初めて言われる響きに目を見開く。寄り道とはいったいなにをするのだろう。

八城くんに手招きされて、慌ただしく荷物をまとめて私は教室を出た。


学校を出て、隣を歩いている八城くんの横顔を盗み見て、くすぐったい気分になる。友達と一緒に寄り道。たったそれだけのことで、私は嬉しくなってしまう。

変わらないものなんてないのだと思い知る。私に友達ができたように、今の環境だってずっと変わらないままではない。それは嬉しくもあり、寂しくもある。

「清白さんや家の人たちって、和菓子って食べる？」

「食べるよ。おばあちゃんも呉羽もあんこ好きなんだ」

おばあちゃんはよく洋菓子を作ってくれるけれど、時折作ってくれる和菓子もすごく美味しい。

夏になると作ってくれる水まんじゅうがつるんとした喉ごしで、あっさりとした甘さなので三つくらい食べてしまって、呉羽に食べ過ぎだって呆れられてしまったこともある。

「よかった。神社の近くにある和菓子屋さんって行ったことある?」

「ううん、ない。和菓子屋さんなんてあったんだ」

駅の近くにある小道を抜けて、緑が生い茂る道に出る。

ここは人が少なくて、小鳥の囀りが聞こえてくるくらい穏やかで静かな場所だ。

まっすぐ進んでいくと神社の入り口が見えてきた。

「そこの和菓子屋、すっごくおすすめでさ。お世話になったし、清白さんと清白さんのおばあちゃんと呉羽にあげたいなって思って」

「私たちに? 気にしなくていいのに」

まなかの件は私が勝手にしたことで、むしろ八城くんをあやかしの問題に巻き込んでしまった。

それに私の力のことも八城くんは誰にも言わないでいてくれている。感謝しているのは私のほうだ。

「俺が食べてほしいんだ。本当おすすめだからさ」

無邪気に笑う八城くんに「ありがとう」とお礼を言いながら、私も彼になにかできることはないのか考えた。

今まで誰かのために自分がなにかをできるかなんて考えることがなかった。

人間関係に諦めて、閉鎖的な空間にいた私は彼がどんなことで喜んでくれるのか思いつかない。

「清白さんから清白さんのおばあちゃんと呉羽に渡してくれる？」

一昨日の夜のことを思い出して、足を止める。

『人は――な』

胸の奥が鈍く痛んで、堪えるように眉根を寄せた。飲み込まれてはいけない。八城くんに心配をかけてしまう。

「清白さん？」

「あの、今は食べられないかもしれない」

「え、どうかしたの？」

「おばあちゃん、ここ数日体調崩しているの。もう良くなってきたんだけど、まだ甘味とかは食べられないかも」

おばあちゃんは風邪をひいてしまって、呉羽がつきっきりで看病をしてくれている。病院にも行き、安静にしていればすぐに良くなると言われたらしい。大きな病気ではなくて安堵したけれど、やっぱり心配だ。

今朝は起きあがれるくらい回復していた。それでも、呉羽からはまだ家事禁止令が出ているので「やることがなくて暇だわ」なんておばあちゃんはぼやいていた。

「そうだったんだ。……心配だね」

「うん。私よりも呉羽の方が家のことやってくれていて、あやかしなのにすごいよね」

呉羽はきっとおじいちゃんとの約束を守るためにあの家に残っている。

人間が思っているよりも、あやかしは約束というものを大事にしていて、彼らを縛り付けるものでもあるのだ。

「……清白さん、大丈夫？」

八城くんは心配そうに顔を覗き込んできた。

「へ？　なにが？」

「いや、なんかいつもと様子が違うから」

「大丈夫だよ。なんともない」

八城くんにも、おばあちゃんにも、呉羽にも悟られてはいけない。

私が抱えるこの寂しさは、隠し続けるべきものだ。いつか――終わりは必ず来るのだから。

「せっかくここまで付き合ってもらったし、今日はふたりで団子でも食べようよ。清白さんは、みたらしと醤油とあんこ、どれが好き？」

「うーん。どれも好きだけど、あんこが食べたいかな」

「よし、じゃあ買ってくるからちょっと待ってて」

和菓子屋さんの中へと消えていった八城くんを待ちながら、近くを散策する。ふわりと吹いた風が木漏れ日を揺らした。今日は天気も良くて過ごしやすい。

神社の鳥居の前に女の人が立っているのが目に入った。

なにかを探しているように見えるけれど、どうしたのだろう。

声をかけても不審がられるかもしれないし、そもそも声をかける勇気がない。どうすればいいのか考えていると、背後から声が聞こえてきた。

「あれ？　山内(やまうち)さんだ」

振り返るとプラスチックの容器にはいったお団子を持った八城くんが立っていて、先ほどの女の人を見ている。

「あ、八城くん」

どうやら知り合いらしく女の人――山内さんがにこやかに手を振った。

「バイト先の先輩の山内さん。つい最近辞めちゃったんだけど」

立ち尽くしていた私に八城くんが説明してくれた。

八城くんの後を追うように歩みを進めて山内さんの前に立つ。近づくと山内さんは私よりも背が低めで、くりっとした大きな目が印象的で可愛らしい。

「なにかあったんですか？」

だから先ほどから辺りを見渡していたのかと納得した。

「どんな人ですか？」

八城くんの問いに山内さんは躊躇いがちに視線を下げてから、口を開く。

「えっと……」

「見かけたら連絡しましょうか」

山内さんは思い出すように遠くを眺めながら、切なげに微笑む。

「雪のような真っ白な髪が印象的な、高校生くらいの男の子なの」

この辺りで白い髪の男の子なんて見かけたことがない。それに気になるのは、山内さんは私たちが知らないことをわかっているかのように、あきらめた表情をしている。

「でもきっともう会えないかもしれない」

「え？　待ち合わせをしているわけじゃないんですか？」

「それがその、いつもなら約束をしなくても会えたの。でもここ数日会えなくて」

彼女の話によると、相手の男の子は携帯電話も持っていないそうだ。それに八城くんの問いに歯切れ悪く答えているのはどうしてだろう。

「山内さんとその男の子は、友達ってわけではないんですか？」

八城くんも不思議に思ったのか、少し聞き辛そうに控えめに言った。すると、山内さんは柔らかな表情で微笑んだ。

「友達というか、恩人なの」

とても大事な人なのだと彼女の紡ぐ言葉と表情で伝わってくる。

「どうしてもこの町を出て行く前に、会いたくて。けど、今日は会えなさそうだね。出直すよ」

「あ、あの！」

帰ろうとする山内さんを思わず引き止めた。この町を出て行くという言葉が気になってしまい、声を上げずにはいられなかった。

「その男の子の名前は……」

山内さんは少し驚いたように目を見開くと、一呼吸置いて微笑んだ。

「月長」

愛おしそうにその名前を口にした山内さんは唇を綺麗に結んで、軽くお辞儀をして去っていく。

「月長……」

聞いたことのある名前だった。けれど、彼女が言っている人物と私が知っている月長はまったく違う。

「清白さん、眉間にシワよってる」

「え」

八城くんが私の真似をするように眉間にしわを寄せて、指をさしている。目を丸くしてぱちくりとさせると、「直った」と言って笑った。

「ほら、とりあえず団子食べよう。あんこ買ってきたよ」

「ありがとう。いくらだった？」

「いいのいいの。さ、食べよう」

「でも」

透明のパックが開き、お団子をとるように促される。戸惑っている私に八城くんが「ちょっとくらいカッコつけさせてよ」と言って、照れたように目を逸らしてしまった。

「ありがとう。八城くん」

お礼を言うと、八城くんは嬉しそうに頷いてくれた。

「私、こんなの初めてで」

「初めて？」

「こうして寄り道したり、おごってもらったり……全部初めてなんだ」

友達と初めての寄り道。初めての買い食い。誰かにおごってもらうのも初めてで、くすぐったい。

「じゃあ、これからはこういうのたくさん経験しようよ。寄り道したり、遊んだり、行ったことのない場所に行ったりさ」

一瞬だけ希望が見えたけれど、すぐに自分にできるのか不安になる。この手のことで両親や同級生に怖い思いをさせてしまったように、いずれ八城くんをもっと危険なことに巻き込んでしまうかもしれない。そのことが怖くて頷けなかった。

「大丈夫だよ。俺がいるし。なにかあったら一緒に逃げちゃおう」

一緒に逃げようなんて言ってくれるのは八城くんくらいだ。強張った私の心をほどくように八城くんの言葉が優しく浸透していく。

「清白さんはもっと自分のしたいことをして、楽しく過ごしていいと思う。それでさ、嫌なこと言ってくる人がいたら逃げればいい」

「逃げるって……あやかしじゃなくて人から？」

「黙って耐えるなんてしてたら、そのうち心が壊れちゃうよ。嫌なこと言ってくる人から逃げる勇気も必要だと思う」

今まであやかしから逃げることはあっても、人の悪意や拒絶から逃げることはなかった。事実を受け止めて、耐えることが正しいのだと思い込んでいた。

小中学生の頃、虚勢を張って平気なフリをして意地でも学校に行っていた。

もしもおばあちゃんと呉羽に本当のことを打ち明けていたら、未だに痛む心の傷が形の違う別のものになっていたのだろうか。

「ん、やっぱ美味い！　清白さんも食べてみてよ」

お団子をひとつ食べた八城くんがにっこりと笑う。

「いただきます」

たっぷりのあんこがのっているお団子を口の中に運ぶ。優しい甘さのあんこと、柔らかでもちっとした食感のお団子があっという間になくなっていく。

「美味しい！　おばあちゃんと呉羽にも食べさせてあげたいな」

「今度は清白さんのおばあちゃんたちに買って行こう！　俺、みたらしか醤油食べてみたい」

「うん！　他の味も食べてみたい」

八城くんがしてくれた次の約束は、彼にとっては他愛ない会話のひとつだったかもしれない。けれど、私にとっては特別な約束だった。

にやけてしまいそうな頬を必死に引き締めて、お団子を咀嚼する。

お団子以外の和菓子も今度買ってみようかと考えていると、風が葉を揺らす音に思考を遮られた。

なにかがいる気がして振り返る。

鳥居をくぐった先に見える手水舎の前で黒い大きな塊がいた。

目を凝らすと、真っ黒の毛を纏った四本足で立つ獣がこちらをじっと見据えている向こうが覚えているのかすらわからないけれど、呼ばれている気がして一歩前へ足を踏み出す。

「清白さん？」

「あ……」

視えていない八城くんを巻き込む前に一旦別れてから、再びここに来た方がいい。帰ろうと言おうとして八城くんの方を見ると、真剣な面持ちで「なにかいた？」と聞いてきた。素直に答えていいものか返事に迷う。

「今更隠す必要なんてないよ」

「でも、巻き込んじゃうかもしれない」

「俺のこと巻き込んでよ。でも役に立てなかったら、ごめん」

こんなときでも優しく微笑みかけてくれる八城くんに私の強張っていた頬が少しずつ緊張を緩めていく。

「触れていい？」

「黒曜」

会うのは久しぶりだった。小学生の頃におばあちゃんに連れられて、彼らにお供え物をしに来たときに会った以来だ。

のがわかった。

「うん、どうぞ」

差し伸べてくれた手を見て、どきりと心臓が跳ねた。ただ触れるだけでよかったのにこれではまるで、また手を繋ぐみたいで恥ずかしい。

八城くんの指先にそっと自分の指を重ねる。

私よりも温度の高い彼の指先が控えめに触れた指先を捕らえて、あっという間に手を繋がれてしまった。

「や、八城くん」

「ん？」

彼にとってだれかと手を繋ぐことくらい造作無いことなのかもしれない。

突然のことに大きく鼓動を繰り返している心臓を落ち着かせるように、深く息を吸い込んでから、「手水舎の前」と伝える。

未だにこちらをじっと見据えている黒曜の姿を今の八城くんなら視えるはずだ。

「でっかい、犬？」

「ここの神社の神使。狛犬、といえばイメージがつきやすいかな」

「狛犬ならわかる！　神社とか行くといる石でできているやつだよね」

「うん」

この神社の神使は一体だけではない。社殿の前には対になっている狛犬がいる。

つまり彼――黒曜は片割れであり、もう一体いるはずだ。けれど、どこにも見当たらない。

「ちょっと中に入ってもいい？」

「いいよ」

八城くんと手を繋いだまま境内に足を踏み入れる。

境内を囲い込むように咲いている真っ白な小花は、目を見張るほどの満開だった。なんという花だろう。

そんなことを考えながら砂利を踏みしめて黒曜の元へと歩み寄る。

「黒曜」

まっすぐに私に向けられた双眸は、吸い込まれそうなほど深く底知れない闇色をしていた。

「ずいぶんと大きくなったなぁ。檸檬喫茶の孫娘」

「……私のこと覚えているの？」

「ああ、もちろん。紫代の後ろに隠れている怖がりな子どもだっただろう。覚えているさ」

口を大きく開けて、豪快に笑いだす黒曜は私の記憶の中の彼のままだった。

小学生の頃に会ったときも、大きな声で笑いながら話しかけてきたので萎縮して頷くことしかできなかったのだ。

あの頃は人間もあやかしもどちらも苦手で、今よりも関わることに怯えていた。

「ところで孫娘。紫代に頼みたいことがあるのだが」

「なにかあったの?」

「あの檸檬を〝アイツ〟に食べさせてやってほしい」

「アイツって……月長のこと?」

「ああ」

〝月長〟という言葉に八城くんが反応を示す。けれど私は横目で彼を見て、首を横に振った。

私の知っている月長は山内さんの話していた男の子と特徴が少し似ているけれど、異なる部分がある。

それは毛の色は雪のように真っ白だけれど、見た目は人の姿ではなく、黒曜とそっくりな犬のような獣なのだ。

「月長はどこにいるの?」

辺りを見回すけれど、彼の姿はない。黒曜は「こっちだ」と言って石祠のあるところまで案内してくれた。そこには横たわっている犬のような獣の姿。見た目は黒曜と同じで毛の色だけが違っている。

「……なにがあったの？」

目を閉じて眠っている様子の月長はおそらく弱っているのだろう。

ここの神使である彼らは強い妖力を持っているはずだ。それなのにあの檸檬が必要なほど弱っているだなんて。

「紫代のように花に妖力を与え、かなり強引に開花させた。そして、妖力を持った花を食いにくるあやかしを追い払うため、今もここにあやかし除けの結界を張り続けている」

「どうして強引に開花なんて……」

するとと黒曜は困ったようにため息を漏らした。

「大事な相手のためだそうだ」

つまり月長は誰かのために花に妖力を与えて開花させ、結界を張ってまでも守り続けているということだろう。

「月長のことは助けたいけど、今おばあちゃん病み上がりだからお菓子づくりはできないの。あの檸檬そのままっていうのはちょっと酸っぱすぎるよね」

弱っている月長に酸っぱい檸檬の実をそのまま食べさせるのは、よくないかもしれない。食べやすいなにかにしてあげたいけれど、肝心の作れる人が今はお菓子作り禁止令が出ているのだ。

「清白さんが作ればいいんじゃない？」

「へ？　私？」

手伝いくらいならしたことがあるけれど、おばあちゃんのように上手に作れる自信がない。

黙り込んだ私に八城くんは安心させるように笑って「俺にも手伝わせてよ」と言った。

「八城くん、お菓子作れるの？」

「んー、調理実習でやったくらいしか経験ないけど。なんとかなるよ」

「……大丈夫かな」

「平気平気！　ふたりならなんとかなる！」

彼の自信がどこからきているのかわからないけれど、一緒に作るのだと思うと先ほどまでの不安が払拭されていく。

「八城くん、これから一緒に作れる？」

「うん、大丈夫だよ」

「じゃあ、黒曜。私たちが今日中に作って、明日の夕方には持ってくるね」

これから作ってここに持ってくるとなると夜になってしまう。そうなると出歩くのは呉羽に危ないと反対されるだろうし、明日の帰りにここに持ってきた方がいいだろう。

「だから、もう少し待っていて」

「助かる」

横たわり、目を開けない月長に視線を落とす。彼は今も結界を張って、他のあやかしからこの場所を守っているのだ。

「ねえ、黒曜。どうして月長は大事な相手のために花に妖力を与える必要があったの？」

「詳しくは知らぬ。彼女がいなくなる前にと咲かせなければと言っていたが……」

黒曜は月長の頭に顔を寄せて、起きてほしいと切願するように鼻先でつつく。

——どうしてもこの町を出て行く前に、会いたくて。

山内さんの言葉を思い出して、まさかと息を飲んだ。そして吐き出した声を震わせながら、八城くんと繋いだままの手を強く握りしめる。

「もしかして相手はあやかしじゃなくて……人間？」

私の言葉に黒曜は口元を緩めて力なく笑った。

八城くんを連れて私の家に帰ると、まずはおばあちゃんにキッチンを使用したいと相談をした。すると、ふたつ返事で了承してくれた。私がまた八城くんを連れてきたことがおばあちゃんは嬉しいみたいだ。

早速家にあるレシピ本を引っ張り出して、どれを作るかを八城くんと話し合う。

お菓子作り初心者が作っても成功しやすいものはどれだろう。それに神社まで持って行きやすいものがいい。そんなことをふたりで話しながら、吟味した。

「ゼリーとかはやめといたほうがいいよなぁ。学校の後だし」

「そうだね。できれば、崩れにくいものがいいよね」

「崩れにくいものってカップケーキとかかな」

ふたりして悩んでいると、仏頂面の呉羽がリビングにやってきた。

八城くんとお菓子作りをするとは話したけれど、詳しくは伝えていない。呉羽のことなので、あやかしが関係していると知られたら怒るはずだ。

「お前らふたりしてなにする気だ。キッチン荒らすんじゃねぇぞ」

「呉羽。あのね、これはっ」

「なにがあったか吐け」

誤魔化しても見抜かれてしまうだろうし、言わないままというのは許してくれないだろう。大人しく観念して、怒られることを覚悟で神社であったことを全て話すことにした。

「月長……アイツも馬鹿なことをしたな」

話し終えると呉羽は頭を抱えるようにしてため息を漏らした。

「神使であるアイツが、人間に入れ込むようなことをするとはな」

あやかしと人間が関わることはいいことではないと呉羽は思っているのはわかっている。けれど、彼がそれを口にしないのは、呉羽自身も人間との関わり合いを断ち切れないからだ。

呉羽にとって友人だったおじいちゃんの存在。そのおじいちゃんと約束したおばあちゃんを守るということ。

あやかしにとっての約束は、人間にとっての約束よりも重たいもので、呉羽はおばあちゃんが亡くなる日まで絶対に約束を守り続けるはずだ。

「月長にお菓子を持って行こうと思うんだけど、私たちにでも作れるものってあるかな」

レシピ本を呉羽に見せると、焼き菓子のページを開いて私たちの前に差し出した。

「このクッキーなら簡単に作れる。それに明日の夕方に持っていくのでも大丈夫だろ」

「クッキー……初心者でもできるかな」

「そういえば昔、失敗してたな」

小学生の頃、おばあちゃんの手伝いをして作ったことがあるけれど、オーブンの時間を間違えて焦がして失敗してしまった苦い思い出がある。呉羽もそれを思い出したらしい。

「分量と焼き時間さえ間違えなければ問題ない」

呉羽が指差した材料の箇所と、焼き時間と温度を確認して私と八城くんは頷く。昔のような失敗をしないように注意を払えば、上手くできるだろうか。

「俺は紫代の傍にいる。あとはお前らでちゃんとやれよ」

「うん。ありがとう！」

熱も下がっておばあちゃん本人は元気だと言っているけれど、呉羽はかなりの過保護なのでおばあちゃんは未だに部屋で休息中だ。

先ほど覗いたら刺繍をしていて、どうやら呉羽用のハンカチに内緒で刺繍をしているらしい。おばあちゃんは呉羽に叱られるから秘密だと言っていたけれど、きっと呉羽がそのことに気付けば、複雑な顔をして叱ることなどできないだろう。

再び私と八城くんのふたりきりになったリビングで、材料の準備を始める。おばあちゃんが常にお菓子を作っているので材料は家の中で揃いそうだ。

ひとつひとつグラムを量って準備をし終えてから、小麦粉と薄力粉をふるいにかけていく。

その隣で八城くんがクッキーの生地に混ぜる用の檸檬を刻んでくれている。

「次は振るった粉とアーモンドプードル混ぜるんだよね」

「あ、うん」

「で、そのあとにバターか。プレーンと檸檬の両方作るんだよね？　それならボウルこれに分けようか」

私よりも八城くんのほうがずっと手際が良くて、先のことを考えて行動している。少しでも邪魔にならないように目の前の作業をしっかりと終わらせて、振るった粉とアーモンドプードルを混ぜ合わせていく。

「このバター使って」

「ありがとう」

八城くんがいなかったら、手際が悪くてかなり時間がかかっていたかもしれない。役に立とうと心の中で意気込んで生地を捏ねていく。刻んだ檸檬はもう少ししたら混ぜよう。

「清白さんはなにがあったの？」

「え……」

「今日様子おかしかったよね」

突然話題を振られて、手が止まる。

私がひとりで思い悩んでいたことは八城くんにはバレてしまっているみたいだ。けれど、彼に話すには重たいことのような気がして口を噤む。

こういうときはどうするのが正解なのだろう。

「どんな悩みを話されても俺は拒絶したりしないよ」

「お、重たくても？」

「俺に話すことによって少し軽くなるかもしれない」

八城くんは歯を見せて笑いかけてきた。

友達がいなかった私にとって自分の悩みを打ち明けることなんて一度もなく、誰かに話すことで軽くなると考えたことがなかった。彼の発想は私とは違っていて、私に驚きと新しい選択をくれる。

「ひとりで考えているからネガティブな方にいっちゃうだけで、ふたりで考えたらポジティブな方向に傾くかもしれないよ」

本当に彼に打ち明けてしまってもいいのだろうか。引かれたらどうしよう。くだらないって笑われてしまうかもしれない。困らせてしまうからもしれない。

いろいろなことが頭にぐるぐると回って、伝えることが怖くなってくる。それでも八城くんは急かすことなく、待ってくれていた。

「あのね……」

薄く唇を開き、息を吐くようにゆっくりと言葉にする。

「未来のこと、考えていたの」

頼りなさげなか細い声が、静かなリビングにぽつりと落ちた。

「おばあちゃんも呉羽もいつかは私の前からいなくなる。そしたら、ひとりでどうやって生きていくかって」

目を閉じて、一昨日の夜のことを思い浮かべる。

『紫代いなくなるのか？……お前も。人は儚いな』

横になっているおばあちゃんに呉羽が悲しげな声音で話していた。

その瞬間、ひとりになる未来がそう遠くないのかもしれないと頭に過ぎった。それから急に怖くなってしまったのだ。

両親や同級生の拒絶や、手が人に触れることへの怯えによって人と関わることを避けていた私は、おばあちゃんと呉羽の存在がいるから今の生活が成り立っている。

それが成り立たなくなるときが必ず来る。

そのために私は自分がどう生きていくのかを考えなければならない。

「なんで、ひとりなの？」

「だって……私はこの家以外に居場所はないから」

「そう思って今まで友達を作らずにひとりでいたの？」

八城くんの言葉がちくりと心に刺さる。

「清白さんは、これからも友達を作らずにひとりで生きていくつもりなの？　本当にそれでいいの？」

「私にはそれしか無理だよ」

冷たい目線。おもしろがって広められる噂話。腫れ物に触れるように話しかけてくる先生。学校という箱の中でひとりきりで、時計の針が進むのをひたすら待っていた。この家以外で誰かと一緒に生きていくなんて想像もつかない。

私にはきっと――

「それは無理だって自分が決めつけているだけだよ」

「だって……どうすることもできないっ」

捏ねていたクッキーの生地が手の中で潰れていく。こんな風に感情を吐露してはいけない。

「今までだってみんな離れていったんだよ。友達も両親も、私を気味悪がってた」

止めなくちゃいけないと思うのに、ぐちゃぐちゃで醜い感情を宿した言葉が溢れ出していく。

「……いつも友達に囲まれている八城くんにはわからないよ」

どうして私はこんなに子どもで嫌な人間なのだろう。八城くんを傷つけるような言葉を言いたくない。

本当は今日だって一緒にこうして手伝ってくれて感謝しているのに、ひどい言葉ばかりが出てきてしまう。

「清白さん」

「ごめんなさい」

八城くんがなにかを言う前に咄嗟に謝罪を口にした。

ずるいことはわかっている。臆病で自分以外の誰かの言葉が怖くてたまらなくて、耳を塞ぐように自分を守ってしまう。

「謝らなくていいよ。むしろ言葉を飲み込まずに自分の本当の気持ち言って」

「でも」

「ちょっと言われたくらいじゃ嫌いになんないし、突き放したりもしない。それより、俺は馬鹿だから言ってもらわないとわかんない」

「そ、そんな堂々と……」

「だって本当のことだし。俺は人の気持ちはその人の言葉で知りたい。だから、清白さんの本当の気持ちを俺にもわかるように教えて」

心の奥にぎゅうぎゅう詰めにして隠していた気持ちは、きっと誰にも言うことはないと思っていた。

「清白さんは、どうなりたい？」

こんな自分が惨めで情けなくて恥ずかしい。卑屈な考えばかりが浮かんで、それを誰にも知られることがないように、今まできつく蓋をしていた。

ひとりは嫌だ。ひとりは怖い。置いていかないで。

願っても手を伸ばすことさえできなくて、周りの人たちを羨んでばかりだった。

「わ、私っ」

「うん」

「私っ、友達と笑い合えるような日常が欲しい。ちゃんと人の中に溶け込んで生きていけるようになりたい」

朝、教室で昨夜のテレビのことで盛り上がっていて、昼は机をくっつけてご飯を食べながらおしゃべり。放課後はみんなで寄り道をしてから帰る。

そんな人たちが羨ましくて、私には無理だって諦めて割り切ろうって何度も思ってきた。

気にしないようにしていたけれど、本当はずっと意識していた。

「本当は私……周りにどう思われているんだろうって思うたび、怖くてたまらなかった。嫌われたくない。ひとりになりたくない。けど……この手がある限り、私は人と近づくことはできない」

「嫌われたくないのも、ひとりが怖いのも当たり前だよ。俺だって怖い」

「……八城くんも、怖いの？」

「そうだよ。できれば周りには好かれていたいし。みんなそんなもんだって」

八城くんの屈託のない笑顔に、心に溜まっていた暗い感情がすっと消えていくような気がした。彼の言葉は私の気持ちを落ち着かせてくれる。

「それと、俺は清白さんの手を怖いなんて思わないし、離れてもいかない。てかさ、俺らもう友達だよね」

「でも」

「なにか嫌なことが起きたり、ひとりで視るのが怖くなったら、俺を呼べばいい。んでもって、手を繋いで同じもの視せてよ」

私の目の前に八城くんの手が伸ばされた。躊躇いながら八城くんをちらりと見上げる。

「い、嫌じゃないの？」

「なんで？　俺的には、清白さんと手繋げて超ラッキー」

「ラ、ラッキー？」

先ほどまでの張り詰めていた気持ちが、一気に緩んで笑ってしまう。私と手を繋げるのがラッキーなんて言うのは八城くんくらいだ。

「俺は、そうして清白さんに笑っていてほしいよ」

私が視えているものは、ずっと人にはバレてはいけないと思って生きてきた。

それなのに私と同じものが視たいと言われる日がくるなんて、きっと過去の私はこんな未来を想像すらしたことがなかった。

「もうひとりで抱えなくていいよ。頼りないかもしれないけど、友達として傍にいるしさ」

「どうして……そんなに優しくしてくれるの」

「うーん。どうしてかぁ。清白さんは俺なんかにはわからないくらいその力で辛い思いをたくさんしてきたんだろうけど、俺はその力を怖いとは思わないし、感謝してるんだ」

私のこの手を魔法みたいだと言ってくれた八城くんにとって、あやかしの存在は恐ろしいものではないのかもしれない。

親友で幼馴染のまなかと再び会えたからという理由だけではないのだと思う。

そういえば彼は最初から私の手のことを知っても拒絶しなかった。一緒に逃げてくれた。

誰からも受け入れてもらえない。ひとりぼっちだ。そんな風に決めつけていたのは、私自身だ。決して多くはなくても、私のことを受け入れる人がいてくれたのに。

「それで、俺と清白さんの関係は？」

八城くんの言葉に目を丸くする。

私と彼の関係は、同じ高校のクラスメイトで、あやかしのことがきっかけで話すようになって……違う。そうじゃない。

彼は、八城くんは、私の――

「と、友達」

「正解。てことで、これからもよろしく。ほら、握手！」

生地を捏ねていない方の手を強引に掴まれて、しっかりと握られる。

私が人とこんな風に触れ合っているなんて夢みたいだ。八城くんの言葉一つひとつが魔法みたいに私の凍った心を優しく溶かしていく。

「八城くん……ありがとう」

ひとりぼっちの未来を考えるのではなくて、私自身が人の中でどう生きていくのかを考えたい。

避けてばかりではなにも変わらない。八城くんの手から伝わってくる温もりが、また私に踏み出す一歩をくれた気がした。

リビングにはオーブンから放出されている熱気と、焼きたてのクッキーの甘くて香ばしい匂いが充満していた。

「すごい綺麗に焼きあがった！」

お皿に移したクッキーを八城くんが興奮気味にまじまじと見つめている。クッキーの表面は綺麗な焼き目がほんのりとついていて美味しそうだ。

「こっちの檸檬ピール入りは、冷めたら袋に入れて明日持っていくね」

月長用の檸檬を使ったクッキーは違うお皿に分けておき、プレーンのクッキーを更に四等分に分けていく。

「これは八城くんの分。食べきれなかったら袋に入れるね」

「え、俺も食べていいの？」

「せっかくふたりで作ったんだし、食べようよ」

初めて友達と作ったクッキー。そして、初めて私が誰かのために作った。このクッキーは私にとって特別なものだ。だから、一緒に作った八城くんと食べたい。

「やった！　ありがとう」

「あと、呉羽の分と体調が万全になったらおばあちゃんにも食べてもらいたいなって思うんだけどいい？」

「もちろん！」

とりあえず無事に焼きあがったので、私と八城くんは紅茶を淹れて休憩することにした。

まだ温かいプレーンのクッキーを口に運ぶと、噛んだ瞬間ほろほろと崩れて、バターの風味と甘い味が口の中に広がる。

「美味しい」

想像以上に美味しく出来上がっていて、自分でも驚いてしまうほどだった。

八城くんも同じようで目を輝かせている。お互い感動で頷きながら、笑いあう。

「これなら月長も喜んでくれるな！」

「うん！」

粗熱をとっている月長用の檸檬入りのクッキーに視線を移す。これで元気になってくれるといいな。

そして、きちんと〝お別れ〟ができるように準備をしなければいけない。

「それとさ、例の件は俺に任せて。どうにか明日呼ぶからさ」

「ありがとう。……きっとこれは月長にとって必要なことだと思うんだ」

月長は今も花を咲かせ続けて、あの場所を守っている。

彼にとって大事な思い出の場所であり、会いたい人に贈る最後の想い。

彼のとても不器用で優しい愛情が、どうか届いてほしい。


翌日の放課後、人が捌けてから私は校門へと急いだ。

校門付近にある青々と生い茂る桜の木の下に八城くんと小柄な女の人が立っている。目が合うと、昨日神社の前で会った山内さんが笑顔で手を振ってくれた。

「こんにちは！　八城くんから呼ばれてきました。山内紗良（さよ）です。よろしくね」

「清白紅花です。突然呼んでしまってすみません」

「ちょうど今日は午後が休講だったし、大丈夫だよ！　それにしてもまたここに来るなんてなぁ」

大きな目を細めながら山内さんが校舎を見つめていると、八城くんが思い出したように声を上げた。

「山内さんもここの高校でしたっけ？」

「うん。昨日捜している男の子がいるって話したでしょう？　彼とは私が高校生の頃に出会ったの」

「白髪の月長っていう男の子のことですよね？」

「そうだよ」

山内さんは幸せそうな笑みで頷いた。彼のことが本当に好きなのだろうと伝わってきて、これから告げようとしている内容で山内さんの彼への気持ちが変わらないことを切実に願ってしまう。

「私さ、高校のときにいじめられていたんだ」

「え？」

彼女の話に耳を疑った。明るくて可愛い山内さんは、私から見たら学校では中心にいそうな人に見える。そんな彼女がいじめを受けていたなんて、知り合って間もない私でも少し驚いてしまった。

「辛くて居場所がなくて心が折れそうだったときにあの神社で彼に会ったの。泣いていた私にぎこちなく声をかけてくれて……嬉しかった。まだ私は大丈夫かもって思えたんだ」

言葉一つひとつから愛おしさが伝わってくる。当時の山内さんにとって彼は支えだったのかもしれない。

「だから私が学校を休まずに行くことができたのは、月長に出会えたおかげなの」

歩きながら山内さんは当時のことを話してくれた。

ずっといじめられていたわけではなく、一時期的なものだったそうで、途中からは友達もできて楽しい高校生活を過ごしたそうだ。そしていじめが終わってからも、月長とは週に何度か会う日常が続いていたらしい。

「大学に入って、ここから通うのは少し大変だから一人暮らしをするってなったんだけど、やっぱり彼のことを思い出すんだ。最近は滅多に会えなくなっちゃったんだけど、せめて出て行く前に会いたくて捜してるの」

風が青葉を揺らし、私たちの会話を遮るように一斉にさざめく。かき消されそうなほど小さな声で山内さんがぽつりと呟いた。

「……毎年あの花をふたりで見ていたのに、今年はもう一緒に見れないのかな」

昨日別れ際に黒曜に、月長が妖力を使ってまで開花させて、結界で守り続けている花を見せてもらった。それは小さくて白い花だった。

「その花って」

「ナナカマドって白い花知ってる？　今年はいつもより早めに咲いているから、神社に行ったら見れるよ」

「あの、山内さん」

もしも彼女が本当のことを知ってしまったら、月長を拒絶するだろうか。あんなにも愛おしそうに話していたけれど、恐怖心を抱いてしまうかもしれない。

それでも、今も妖力を削りながら結界を張って花を咲かせている月長のことを思い出すと、胸が苦しくなる。

私にできること。私だからできること。それはひとつだけ。

「私は月長がどこにいるのか知っています」

「えっ⁉　知ってるの？」

前のめりになって大きな声を上げた彼女から、必死さが伝わってくる。

言葉にするのは怖い。私だけに影響することではない。山内さんと月長の関係を壊してしまうかもしれないのだ。

山内さんの隣に立っている八城くんの顔をちらりと見やると、「大丈夫」というように頷いてくれた。そのおかげで私にも決心がつく。深く息を吸い込んで、確かめるように山内さんに告げる。

「月長がどんな姿でも会いたいと思いますか」

「どんな姿って……なにかあったの？」

「たとえば月長が人間ではないとしても、山内さんは会いたいですか」

まるで時が止まったかのように山内さんは目を見開いたまま硬直している。

風に乗って聞こえて来る運動部の掛け声が沈黙を割いて、静かに肺に溜まった空気を吐き出していく。

「もしもそれでも会いたい気持ちが変わらないのなら、一緒に来てください」

「……そっか、やっぱり」

山内さんは目を伏せて、微笑みを落とした。

彼女も心のどこかで月長が人ではないかもしれないと察していたようだった。

月長という変わった名前。綺麗な白髪。神社でしか会えない男の子。

そしてふたりが交わした言葉の中に、人ではないかもしれないと思うようななにかがあったのかもしれない。

「月長が人ではなくても、私は会いたい。会わせてくれる？」

目を見開いて息を飲む。

山内さんは怖がる様子もなく、拒絶もしなかった。むしろ、わかってスッキリしたような晴れやかな笑みを浮かべていた。

神社に着くと、山内さんには鳥居のところで待っていてもらい、私と八城くんで境内に入っていく。

そっと八城くんに手を伸ばすと、躊躇いなく手を繋いでくれた。

「黒曜、持ってきたよ」

「すまないな。孫娘」

黒くて艶やかな毛を靡かせた黒曜が私たちの元へと歩み寄ってくる。そして、目を鋭く光らせた。

「それではそれをこちらに渡すんだ」

「え……黒曜に?」

「さあ、早く」

黒曜の雰囲気がいつもと違う気がして、クッキーを渡していいものなのか躊躇ってしまう。

対である黒曜が月長を回復させずに檸檬の力を奪うなんてしないはずなのに、どうして不安になるのだろう。

「俺たちが月長に食べさせる。それじゃあ、ダメなのか？」

「よこせと言っている」

「作って持ってきたのは俺たちだ。お前には渡せない」

八城くんは臆することなく黒曜にはっきりと伝えると、私の手を引っ張っていく。

月長は昨日と同じ場所で今も横たわっている。

「この小僧が！　よこせと言っている！」

地響きのように低く重たい声が響き渡り、弾かれるように振り返る。

黒曜は毛を逆立たせて歯をむき出しにし、今にも噛みついてきそうなくらいこちらを睨みつけていた。

「こ、黒曜！　どうして？　月長を助けたいんじゃないの？」

「檸檬の力をよこせ！　あの人間を噛み砕いてやる！」

黒曜の周りから熱風が吹き、砂利が舞い上がる。

「清白さん！」

私たちの目前に黒曜の顔が迫り、鋭い牙が脅すように向けられた。

心臓が大きく跳ね上がり、足が竦みそうになる。繋いだ手をぎゅっと握られて、私を庇うように八城くんが半歩前に出た。

「食べさせれば、月長は助かるんだろ。なのに、どうして助けたいのに奪おうとするんだ」

「あの人間のせいだ」

黒曜の言うあの人間とは山内さんのことだろう。忌々しげに黒曜は表情を歪ませた。

「あいつがいなければ、月長はこうはならなかった。あんな人間と会い続けるではなかった。命をかけてまでこんな……花を咲かせてなになるというのだ！　孫娘、お前だってわかっているはずだ」

黒く鋭い瞳が私を射抜き、その冷たさに身震いした。

「人間とあやかしは、本来ならば関わるべきではない。寿命も生き方も違う」

黒曜の言う通り、人間とあやかしは関わるべきではないと思うこともあった。それでも、私は呉羽がいてくれてよかった。いびつな関係かもしれないけれど、まなかも青時雨に感謝していた。山内さんだって月長に支えられてきて、月長も山内さんを特別に想っているはずだ。

「大事に想い合うことに人間もあやかしも関係ないよ。山内さんは月長のことを大切に想ってた！　月長と山内さんの出会いは無駄なんかじゃない」

「どうせあの人間はこの町から去り、月長のことなどすぐに忘れる。月長は絶望するだろう。ならばレモンの妖力を使い、俺があの人間を消し去ってやる！」

私たちに噛みつこうとしてくる黒曜の動きがスローモーションのように見えた。それと同時にこのままではいけない。と強く心が訴えてくる。

黒曜の鋭い牙に空いている手を伸ばす。

不思議と恐怖心はなかった。黒曜は黒曜なりに月長を想っていて、山内さんを消してしまおうだなんて極端なことをしようとしている。

「大丈夫だよ、黒曜。怖がらないで。月長は大丈夫」

たとえ、山内さんとの別れを経験して月長が傷ついても、それは絶望じゃない。だって、月長はこの神社に植えられているナナカマドを今も咲かせ続けている。

山内さんが話していた毎年一緒に見ていたというナナカマドの花。今年はいつもよりも早めに月長が咲かせた。そして、この町を出て行く山内さん。

「きっと山内さんを見送るために、月長はナナカマドの花を早く咲かせているんだと思う」

「……見送る？」

緩やかに風が吹いたと思えば、急激に強くなり砂埃が巻き上がるほどの風が私たちを襲う。咄嗟に目を閉じた私の手を、繋いでいる八城くんが守るように引き寄せてくれた。

「思った以上に精神が不安定になっているな、黒曜」

風が止み、頭上を見上げると真っ黒な羽を生やした黒髪のあやかし——本来の姿になった呉羽がいた。呉羽は私たちを見やると、冷ややかな視線で黒曜を見下ろした。

「随分と過保護になったたな。烏天狗」

黒曜は呉羽を警戒するように私たちから距離をとる。さすがの黒曜でも呉羽に対しては一目置いているようだった。

「神使であるお前の力では人間を殺せない。だから紅花と檸檬の妖力を利用しようとしたたな。力のない人間を殺めようなど落ちぶれたものだ」

黒曜が悔しげに歯軋りをした。呉羽は威圧するように黒曜に手のひらを向けて、視線だけを私に流した。

「紅花、早く月長に食べさせろ」

「う、うん」

呉羽がいれば黒曜もこちらには手を出してはこないようだ。八城くんと横たわっている月長の元に行き、カバンから昨日作ったクッキーを取り出す。

檸檬ピールを練りこんだクッキーを一枚、月長の口元に近づける。

「食べて、月長」

けれど、月長は目を閉じたまま口を開かない。このままじゃ妖力を取り戻せない。

「お願い……食べて！　あなたに会いに山内紗良さんが来ているの」

私の言葉に反応するように月長が口をわずかに開く。

「サ、ヨ」

消えそうなくらい小さな声で山内さんの名前を呼んだ。

「ねじこもう！」

「え⁉」

八城くんはもう一枚クッキーを取り出すと、月長の口の隙間にクッキーを滑り込ませた。月長は目を開くと、喉を鳴らしてクッキーを飲み込んだようだ。

「お前は……」

私の顔を見ると、わずかに目を見開いた。黒曜同様に覚えているのかもしれない。ゆっくりと起き上がった月長に「妖力が回復するから」と言って、残りのクッキーを渡す。

全てを平らげた月長は対峙している黒曜と呉羽を見て、不思議そうに首を傾げた。

「何故、烏天狗がここいる？」

「人間のために命を落としかけているお前を黒曜が見かねて、檸檬の力を利用して人間を殺めようとしていた」

「黒曜が人間を？」

「お前を傷つけるのが許せないんだと。まあ、対であるお前が弱ったことで精神が不安定になっていたせいだろうが」

バツが悪そうに黒曜が顔を背けたのを見ると、月長はおかしそうに声をあげて笑った。

「黒曜、まさかお前がそこまで考えていたとはな！　大丈夫だ。俺は傷ついてなどいない。ただ紗良に最後にあの花を見せたかっただけだ」

満開に咲き続けているナナカマドの白い花。月長は山内さんとの別れをわかっていたからこそ、最後にこの花を贈りたかったのだろう。

ふたりで毎年見ていた大事な花を、今年は山内さんが見ることができずに町を去っていくかもしれなかったから。

「月長、あなたにとって山内紗良さんは大事な人、なんだよね？」

「ああ……いつのまにかそうなっていたな」

月長は穏やかな表情で微笑みながらナナカマドの花を見つめる。

「笑ったり泣いたり怒ったり……忙しない紗良を見ていて、いつの間にか楽しくなった。隣にいたいと願ってしまった。……叶うはずないのにな」

切なげに目を細めて、そっと息を吐く。そして月長は別れを覚悟するように、表情を引き締めた。

「紗良には幸せになってほしい。だから、俺は紗良との思い出の詰まったこの花を満開にして別れをつげたかった。結界に力を食われて、危うく会えないところだったがな」

私の方へ向き直ると、「ありがとう」と一言だけ告げて月長は人の姿へと化けた。その姿は山内さんが話していた通り、雪のように綺麗な白髪で高校生くらいの男の子だ。

「……会うつもりか」

黒曜が心配そうに月長に声をかける。

「ああ、別れくらいさせてくれ」

お別れをするというのに月長はとても幸せそうに微笑んだ。

彼が山内さんを強く想っていて会いたくてたまらなかったのだと伝わってきて、切なくて胸が苦しくなる。

「紗良！」

月長の大きな声に反応するように慌てて山内さんが振り返り、こちらに駆け寄ってくる。

「月長！」

今にも泣き出しそうな表情で山内さんは月長の名前を叫ぶ。

「会いたかった！　もう会えないかと思ってたんだよ」

声が震え、目には涙がたまっている。そんな山内さんの頭を月長がまるで壊れ物に触れるようにそっと撫でた。

「ごめんな」

「ううん。会えたからいいの」

「紗良……君の笑顔がこの先も守られることを祈ってる」

青々とした葉と小さな白い花を身につけたナナカマドの隣で、ふたりはお互いの気持ちを確かめ合うように見つめ合う。

「私を支えてくれてありがとう。月長がいたから今の私がいるんだよ」

月長の手に山内さんは自分の手を重ねて、そのまま頬へとくっつける。愛おしそうに微笑む山内さんから月長は照れくさそうに視線を逸らす。

「紗良に会えてよかった」

「お別れみたいに言わないで」

「君は、この町を出ていくのだろう」

「それでも、私はこの町に来ることだってあるよ。あなたにだって会いに来る」

きっと彼はわかっている。

人とあやかしの寿命は違う。会える頻度も今まで以上に減っていき、山内さんにも別の場所で守りたいものができるはずだ。だからこそ、お別れをしようとしているのだ。月長は突き放すように山内さんから離れる。

「紗良、君が好きだ。だからもう会わない」

それはとても切ない告白だった。山内さんの大きな目からぽろりと涙が流れ落ちた。それを拭うことなく、うれしそうに山内さんは月長を見つめる。

「やっと言ってくれた」

そよ風がふたりの間に吹き抜けて、白い花が微かに揺れた。

「私も好きだよ。だから、私はまた月長に会いにくる」

眩しいくらいの笑顔で山内さんが想いを告げると、月長は面食らった様子で目を丸くしている。

「俺は、あやかしだ」

「うん。人間じゃないってことはもう聞いてるよ」

「……なら何故だ。俺といても紗良は幸せになれない」

「私の幸せは私が決めるの」

山内さんはこの町を出て、たくさんの人とふれあい、大事な人が増えていくだろう。どれだけ大事に思っていても、思い出は風化していく。

「だから、私はまたここに来るよ」

大人になっても山内さんは、今と同じ気持ちのまま月長を想い続けているのだろうか。

月長は泣きそうな表情で笑みを見せた。

「ああ……君を待ってる」

人間の約束とあやかしの約束の重みは違う。あやかしにとって約束とは、その身を縛るほど重たいものであり、大事なものだ。だから、きっと月長は彼女との約束のため、ここで待ち続ける。

思い焦がれて、待ち続けてもここに彼女は戻ってこない可能性だってあるというのに。けれど、彼はそれをわかっている上で嬉しそうに微笑んだ。

それはとても、温かくて切ない約束。

山内さんは私と八城くんに嬉しそうにお礼を言って、帰って行った。八城くんの話によると、山内さんは来週にはこの町を出て行くらしい。

「気が済んだだろ。結界を解く前に花に与えた妖力を回収しろ」

月長は人の姿のまま片手を広げて、ナナカマドに向ける。

呉羽の言う妖力の回収というやつなのだろう。白い光が月長の手の中に吸収されて行く。

「孫娘。檸檬の力を分けてくれてありがとう。お陰で助かった」

「あの、月長……どうして約束をしたの？」

月長は別れを告げるつもりだったはずだ。それなのに別れではなく、自分自身を縛る約束をした。

「紗良との約束がある。それだけで、明日をまた楽しみに生きられる」

「彼女は別の町で他にも大切なものを見つけて、会いに来ないかもしれないんだよ」

「いいんだ。紗良が守れなくても。彼女との約束があるだけで、幸せだ」

満足げに笑みを浮かべる月長は本当に幸せそうだった。消そうとまでしていた黒曜も月長の覚悟と想いを知り、反対する様子はなさそうだ。

「檸檬喫茶の孫娘。手荒なことをしようとして、すまなかった」

「月長のことを想ってだってことはわかってるから大丈夫だよ」

しおらしく謝る黒曜は本当に反省しているようだった。呉羽は「次はない」なんて厳しいことを言っていたけれど、私たちは無傷なので黒曜を責めるつもりはない。

神社の結界が解かれ、妖力が回復した月長もすっかり元通りの姿になって黒曜と共に社殿の方へと消えていった。

ふとナナカマドに視線を向けると、白い花を身につけたまま風に吹かれている。

妖力を回収された花は、すぐに花が散って枯れるわけではなく日が経てば通常通り散っていくそうだ。

「俺は先に帰ってる」

「あ、呉羽！　来てくれてありがとう！」

呉羽は黒い大きな羽を広げて、夕焼け色に染まる空へと飛び立っていく。きっと呉羽には、こうなることがわかっていて助けに来てくれたのだろう。相変わらず不器用だけれど、彼は優しいあやかしだ。

「俺たちも帰ろうか。石段のところまで送っていくよ」

「……ありがとう」

手をつないだまま八城くんが歩いていく。ずっとつないだままだった手を今さらどのタイミングで離せばいいのかわからない。八城くんはこのまま繋いでいるのは嫌ではないのだろうか。

「八城くん、さっきは月長にクッキー食べさせてくれてありがとう」

「あのとき必死でさ、俺も強引なことしちゃったよ。怒られなくてよかった」

きっと私だけだったらあんな風に口の中に強引にクッキーを入れるなんて発想は浮かばなかったと思う。それに八城くんは私のことを守ろうともしてくれて、黒曜相手に臆することなく話をしていた。

繋いだ手から八城くんの存在を大きく感じて、ぎゅっと握る。

「八城くんがいてくれてよかった」

彼に助けられてばかりだ。お団子はお礼だなんて言っていたけれど、私の方が八城くんにお礼をしたいくらいだ。

急に足を止めてしまった八城くんに引っ張られるような形で、私も足を止める。

「そういうこと言われると、俺すっごい嬉しいんですけど」

「へ？」

「これからも一緒にいるから」

「う、うん。ありがとう」

何故だか照れくさくなってしまって、握っていた手の力を緩めると今度は八城くんの方の力が強くなった。

「俺も清白さんがいてくれてよかったって思う」

八城くんが再び歩き出す。

つないだ手は離れないまま、私たちはぎこちなく会話を交わしながら道を進んでいった。

翌朝、早めに家を出て神社に立ち寄った。

月長が開花させたナナカマドはまだ白い花を咲かせている。風にそよぐ白い小花を指先でそっと触れてみる。

昨日、家に帰って開いた花図鑑には、ナナカマドの花言葉が書いてあった。

〝私はあなたを見守る〟

それはまるで、月長が山内さんに宛てた想いのようだった。

六月の待ち人

ざあざあと振る雨音で目が覚めた。カーテンの隙間から見えるのは低く垂れ込めた分厚い雲と、窓ガラスに吹きつける雨粒。

今日はこの家の太陽のような存在だったおじいちゃんを失った日だ。きっと私も彼もあの頃から、心の整理がつかずに時が止まったまま。

目覚まし時計よりも早く起きた私は、重たい体を動かしてクローゼットにかかっている制服に着替える。全身鏡で自分の姿を映して、ため息を吐く。

ようやくブレザーに慣れてきたかと思えば、もう夏服へ衣替えの季節がきてしまった。爽やかな淡い水色のシャツは、少し大きくて制服に着せられている気がする。明るめの色になったギンガムチェックのスカートはプリーツが綺麗に残りすぎていて、違和感を覚えた。

ぎこちなさを全身に纏ったまま階段を下りて、顔を洗いに行く。昨日夜更かししたからか、血色が悪い。本を読み始めるとつい時間を忘れてしまう癖は、なかなかやめられないのだ。

あくびを噛み締めて、ミント味の歯磨き粉で目を覚ましていく。寝癖を整えるように髪を梳かしていると玄関の方からベルの音が聞こえてきた。こんな朝からあやかしが来たようだ。

支度を終えてリビングへ行くと、ダイニングにはまなかが座っていた。

「おはよ！　べにちゃん。おじゃましてまーす！」

まなかは明るい声音で、片手を挙げた。挨拶をしかけて、私は目を見張った。まなかの肩には青時雨が乗っている。

「もしかして、なにかあったの⁉」

人のサイズになったはずの青時雨が再び手のひらサイズになってしまっているのだ。

「彼女が気に入ったようだからな。今はこの大きさで過ごしている」

青時雨は力を失ったのではなく、まなかの要望によってあえて体を小さくしているらしい。

呉羽はまなかと青時雨を理解できないと言いたげな顔をして見ているけれど、ふたりが望んでしているのなら良いのだろう。

とにかく何事もなかったようなので、安堵して私は席についた。

あれから彼女たちと会うのは、八城くんの件があったとき以来だ。どうやらしばらくの間、青時雨から妖力の使い方を教わっていたらしい。

「紫代さんがね、お菓子食べに来ていいよって言ってくれたからお言葉に甘えてきちゃった」

子どもみたいにはしゃいでいるまなかに対して、青時雨は大きく頷く。

「紫代様のお菓子は絶品だからな。是非まなかにも食べてもらいたい」

「図々しいやつらだな」

「僕らは招待されたんだ。呉羽に文句を言われる筋合いはないいな」

「あるだろ。俺の住処はここだ」

相変わらず相性が悪そうな青時雨と呉羽が口喧嘩をしそうになると、まなかは楽しげに声をあげて笑う。

「こんな青時雨初めて見た！　仲良しなんだねぇ」

青時雨も呉羽がふたりして「仲良くない」と反論すると、まなかは更に笑った。

彼女がいるとその場の空気が明るくなる。呉羽も毒気を抜かれたようで、おばあちゃんと一緒にお菓子の準備を始めた。

「千夏とはうまくやってる？」

「うん。クラスでもよく話しかけてくれるよ」

「べにちゃんが楽しそうでよかった」

「楽しそう？」

まなかの言葉に首をかしげる。私は楽しそうに見えるのだろうか。前よりも学校へ行くときの気持ちは変わってきているけれど、学校に溶け込めているのかは微妙なところだ。

「最初に会ったときよりも、表情が明るいよ」

「そう、かな？」

「うん！　べにちゃん、前よりもよく笑うようになった！」

自分でも気づかなかった。あの頃から変わったことを考えてみると、思いつくのはひとつだけだ。

「まなかや八城くんのおかげだよ」

ほんの少しだけ目を見開いたまなかが嬉しそうに顔をくしゃっとさせて笑った。彼女を笑顔は眩しくて、その明るさはおじいちゃんを思い出す。

お茶の用意をしている呉羽に視線を向けると、いつもよりも元気がなく表情がわずかに陰っているように見えた。

呉羽もあの頃のことを思い出しているのだろうか。

憂に沈みそうになった私の思考が、テーブルにお皿が置かれた音に引き上げられた。

「まなかちゃん、青時雨、召し上がれ」

お皿にはおばあちゃん特製のさくらんぼのタルトがふたつのせられている。
私も昨日食べたけれど、さくらんぼの甘さと卵たっぷりのカスタードがとても美味しかった。

「わあ！　美味しそう！」

まなかが食い入るようにタルトを見つめて、目を輝かせている。その様子を青時雨は眺めているようだった。お面で表情は見えないけれど、優しく見守っているのだろう。

「ほら、呉羽。紅茶も淹れてあげて」

おばあちゃんに促されて、呉羽は渋々といった様子で紅茶を淹れていく。相変わらず呉羽はおばあちゃんには弱いのだ。

まだ時間には少し余裕があるけれど、私もそろそろ朝食の準備に取り掛かることにした。

食パンを一枚焼いて、待つこと数分。きつね色になった食パンにさくらんぼのジャムを塗る。

最近おばあちゃんの知り合いの方からさくらんぼが大量に送られてきたので、傷まないうちにジャムやお菓子に使っている。さくっと音を立てて一口食べれば、ごろっとした果肉とさくらんぼの甘みが口内に広がっていく。

私の目の前に座っていたまなかたちは、タルトを食べ終わったようだ。喉を潤すように紅茶を飲み干したまなかが、手を合わせる。

「ごちそうさまでした！　すっごく美味しかったぁ」

「さすが紫代様だ」

さくらんぼのタルトはまなかたちにも好評だったみたいだ。満足そうにしている彼らの様子に。おばあちゃんは顔を綻ばせて「お粗末さまでした」と返した。

「紫代さん。よかったら、もらってくれますか？」

まなかは手のひらサイズの小さな箱をおばあちゃんに差し出す。蓋をあけると、そこには水色の押し花が入っていた。

「まあ、素敵ね。紫陽花の押し花だわ。本のしおりにしようかしら」

「紫代さん、お花が大好きって聞いたから、作ってみたの」

「嬉しいわ。ありがとう、まなかちゃん」

紫陽花の押し花は初めて見たけれど、小ぶりな可愛らしい水色の花がとても綺麗だった。

「紫陽花には辛抱強い愛情って花言葉があるのよ」

「それはいい意味なのか？」

呉羽は眉根を寄せて不思議そうにしていたけれど、おばあちゃんは目を細めて穏やかに微笑む。

「私は素敵だと思うわ。それほど強い想いということだもの。紫陽花は他にも花言葉があっておもしろいわよ」

おばあちゃんは棚に置いてある本に手を伸ばし、テーブルの上に置いた。

それはおばあちゃんがよく読んでいる花図鑑だった。

「おばあちゃん、読んでみてもいい？」

どうぞとおばあちゃんに渡されて、中を開いてみる。

紫陽花は色によって花言葉が異なるそうだ。一番驚いたのは、花のように見える部分は葉が変形した萼（がく）だそうだ。その中央に咲いているものが花らしい。

花の色も、土が酸性かアルカリ性で色が変わるというのは聞いたことがあるけれど、この本によるとどの色をした花も最後にはピンクの色の系統になっていくそうだ。色を変えていくことから、移り気という花言葉も紫陽花にはあるらしい。

「ああ、そうだわ」

花について勉強するのも楽しいかもしれないと、わくわくしているとおばあちゃんが何かを思い出したように奥の部屋へと消えていく。

少しして戻ってきたおばあちゃんは、濃紺の番傘を抱えていた。

「まなかちゃん。これ、よかったら使ってちょうだい」

「え……いいんですか？」

「ええ、この季節は雨が降っているでしょう」

まなかは大事そうに抱えると、今にも泣き出しそうな表情で笑った。

「紫代さん、ありがとう。大事にします」

そんなまなかの頬を青時雨の小さな手が撫でる。まなかはくすぐったそうに微笑みながら、青時雨の小さな手に指先を重ねた。青時雨とまなかはあれからうまくやっているようだ。

時計を見ると、そろそろ時間だった。私が家を出るタイミングで、まなかはおばあちゃんからもらった濃紺の番傘をさして、青時雨と共に帰って行く。

外は雨が音を立てて降っている。今日は夕方まで止まないそうだ。

「紅花」

不意に呼び止められて振り返ると、呉羽が玄関の前に立っている。

「どうしたの？」

「顔色が悪い」

どうやら私のことを心配してくれているらしい。けれど私には呉羽の方が憂い顔に見える。

「大丈夫だよ」

ただ少し感傷的になっているせいだ。それはきっと呉羽も同じで、おじいちゃんのことを思い出しているのだろう。

「呉羽こそ、あまり無理しないようにね」

不服そうに顔を顰めた呉羽に文句を言われないうちに、傘を開いて一歩踏み出した。

「いってきます」

雨に濡れた長い石段をゆっくりと降りながら、幼い私とおじいちゃんが手を繋いで歩いていた日々を思い返す。

幼い頃から私はよく祖父母の家に預けられていた。

サッカークラブの練習ばかりだった弟は、私だけずるいと思っていたようで不満げに私を見ていることが多かった。けれど、あやかしが視えない弟を両親は祖父母の家にあまり近づけたくなかったらしい。弟と私がふたりで行くことは一度もなかった。

その頃の私はあやかしが怖かったけれど、おじいちゃんとおばあちゃんに会いに行くのは好きだった。

明るくてよく笑うおじいちゃんと、優しいおばあちゃん。なにより私に話しかけてくれることが嬉しくて、ここにいれば自分を受けいれてもらえると幼いながらに感じていたのだ。

家では母は私に怯えた様子でほとんど口を聞いてくれず、弟は母から私とは話すなと言われていたようだった。

父は困ったような表情で腫れ物を扱うように接してくる。話すたびに胸が軋むように痛くて、自分の存在が家族を困らせているのだと子どもながらに理解していた。だからこそ、祖父母の家が大好きだった。

ここでなら私の言葉を聞いて、笑ってくれる。触れることに怖がらず、大きな手で頭を撫でて抱きしめてくれる。私にとって祖父母の家は大切な居場所だった。

——けれど、小学二年生の梅雨におじいちゃんが亡くなった。

お別れを告げることさえできないまま、お父さんからたった一言で伝えられたおじいちゃんの訃報。そのときは信じられなくて、夢でも見ているのではないかと思い、涙すら出てこなかった。

そして雨が降り頻る中、おじいちゃんのお通夜が行われた。

『何時くらいに終わるのかしら』

携帯電話を見ながら顔を曇らせるお母さん。

『今日くらい我慢してくれ。顔くらい出さなきゃ、叔母さんたちになんて言われるかわからないぞ』

親戚の目を気にするお父さん。

『俺、トイレ行ってくる』

ゲーム機を片手に足早に消えていく弟。

私の家族はおじいちゃんが亡くなったというのに、早く終わることを望んでいるように時間を気にして、自分のことばかりに捕らわれていた。

嗅ぎ慣れないお線香の匂い。笑ったまま動かない写真の中のおじいちゃん。

記憶に今も残り続けている光景を思い浮かべながら、下ったばかりの石段を見上げる。

――おじいちゃん。

心の中で呼んでみても、もう明るい声で「べに」と呼んでくれるおじいちゃんはいなかった。

昼休み、初めて学校の図書室に立ち寄ってみた。

あまり利用者がいないのか、私を入れて生徒は四人くらいだった。中学の頃はよく図書室に行っていたけれど、高校に入ってからは本の場所を把握していない図書室に行くのは抵抗があり、足を運んでいなかった。

けれど、行ってみると居心地が良かった。本の香りに満たされたこの空間にいると気分が高揚してくる。

植物の本のコーナーがあり、その中には春夏秋冬に分かれている本もある。

夏の本を開くと、初夏のところに紫陽花の名前がある。紫陽花は梅雨のイメージが強いけれど、ドライフラワーになった紫陽花は秋色で渋みのある色合いでとても素敵だった。

——チリン。

どこからか鈴の音が聴こえた気がして、足を止める。

吸い寄せられるように振り向くと、図書室に入ってきた男子生徒が気難しそうな顔をして、なにかを探すように辺りを見回していた。

視線に気づいたのか、鋭い眼差しが私を捕らえる。びくりと肩を震わせて、逃げるように図書室を出た。

ひとけのない廊下の端っこまで行くと呼吸を整えるように胸元に手を当てる。今もまだ心臓がバクバクといっていて、手に汗が滲む。

彼は同じクラスの三浦くんだ。

バスケ部に所属しているらしく、成績も優秀で先生からも頼られている男子。そして学級委員まで務めているため、クラス内ではリーダー的存在になっていた。

一度も会話を交わしたことはないけれど、三浦くんの射抜くようなまっすぐな視線を前にすると怖気づいてしまう。

それに先ほど彼の傍にいたのは、あやかし……？

慌てて去ってしまったので確信はないけれど、小さい女の子が三浦くんの傍にいた気がした。

午後の授業が始まってから、廊下側に座っている三浦くんの姿を盗み見たけれど、あやかしの姿はない。見間違いだったのか、それとも図書室にいるあやかしだったのかもしれない。

悪いあやかしに取り憑かれていたのなら心配だったけれど、そうではなさそうなのでほっと胸を撫で下ろした。

放課後になっても空を覆う雲は分厚く、雨は降り続いていた。

廊下から窓の外を眺めると、色とりどりの傘を開いて学校から出て行く生徒たちが見える。ほんの少しだけ窓を開けてみると、風を伝って細かい雨が頬に触れる。あの頃の記憶が脳裏に浮かび、そっと窓を閉めた。

あの日——おじいちゃんのお通夜が終わったあと、私は両親たちの傍にいたくなくて、逃げるように外に出た。おばあちゃんの近くにも行けず、雨が降りしきる葬儀場の外をぼんやりと眺めていた。

激しい雨音が耳を支配する。空は泣いているように雨を降らしているのに、親族の人は誰も泣いていない。

それがとても無情のように思えて、その中のひとりに自分も含まれているのだと思うと、胃のあたりが不快感で満ちていく。

大好きだったはずなのに。いなくなって寂しいのに。

現実を受け入れられなくて、おばあちゃんにも声をかけることができなかった。

葬儀場を出てすぐの屋根の下。そこから私は動けずにいた。風に吹かれて雨が私の頬に落ちる。喪服に雨粒が滲みとなって広がっていく。

朝から降り出した雨は未だに止む気配がなく、勢いは収まらない。分厚い灰色の雨雲が空を覆っていて、まだ昼間だというのに夕方のように薄暗かった。

『おい、ひとりで外に出るな。紫代が心配する』

声をかけられて慌てて振り返ると、呉羽が立っていた。この頃の私は呉羽のことがまだ少し怖くて、話すことに緊張していた。

『あ、うん』

『大丈夫か』

『だ、大丈夫』

呉羽がこんなにも優しい声音で話すことがあるのかと少し驚いた。

いつもはぶっきらぼうに話すのに、この時の呉羽は私の顔色をうかがい、心配してくれているのが伝わってきた。

『あいつ、俺のことを孫みたいだと言っていた』

『……うん』

『馬鹿なやつだな』

強い風に攫われた冷たい雨粒が私たちに向かって容赦なく降り注ぐ。

『呉羽はおじいちゃんのこと、好きだった？』

『そんなこと聞いてどうする。俺は所詮あやかしだ。人間とは違う』

『……そっか』

呉羽は静かに目を閉じていて、頬には雫が伝っている。雨だと思ったそれは、呉羽のまつ毛の間から零れ落ちていく。その瞬間、私の視界が滲んだ。

『おじいちゃん……いなくなちゃった』

閉じていた呉羽の金色の目がゆっくりと私を捉える。

『私、ありがとうって言えなかった。優しくしてくれて、大好きで、いっぱいいっぱい伝えたいことあったのに……なにも言えなかった』

冷たい雨ではなく、温かな雫が頬に伝う。一度溢れ出した涙は拭っても止まってはくれない。

『俺もだ』

滲んだ世界で、呉羽の涙が見えた。

『なにもできなかった』

寂しさに耐えるように眉根を寄せている呉羽に胸がぎゅっと苦しくなる。

お父さんもお母さんも、弟も涙を流していなかった。

涙を流していれば、悲しんでいるというわけではないのはわかっている。けれど、おばあちゃんに声ひとつかけず、近づかないお父さん。帰りの時間ばかり気にしているお母さん。つまらないと愚痴を零し、こっそりとゲームをしている弟。そんな中、血の繋がっていない呉羽が、あやかしである彼がおじいちゃんのことを想って泣いている。

おじいちゃんが大好きだった。もっと一緒にいたかった。それでも命は儚くて、別れは唐突にやってくる。

一緒に過ごせる時間はとても貴重で尊いものだったのだと失ってから気づいても遅い。もうあの日々を取り戻すことはできない。

私は呉羽の隣で、時折風に乗って吹き付ける雨に濡れながらおじいちゃんのことを想って声をあげて泣いた。

「あれ、清白さん。まだ帰ってなかったんだ」

声をかけられて意識が一気に戻される。

振り返ると夏服に衣替えした八城くんと三浦くんが立っていた。明るくてにこやかな八城くんとは対照的に三浦くんはただじっと私のことを見つめていた。

ああ、やっぱり私はこの射抜くような視線が苦手で気圧される。そう思って、目を逸らそうとすると、ひらりと緑色の着物が視界に入ってきた。

「返せ返せ！　この！」

三浦くんの背後から出てきた着物姿の女の子は、肩にかかるくらいの生成色の髪を揺らしながら、両手で三浦くんのことを叩いている。

その姿に目を見開く。見間違えではなかったみたいだ。私が図書室で見たあやかしはこの子で間違いない。

三浦くんになにか怒っているようで、何度も彼の腕を叩いている。けれど三浦くんは無反応だった。

——チリン、チリンと鈴の音が鳴る。

すると、三浦くんはハッとしたように周囲を見回して、「また聞こえた」と呟く。

三浦くんにはこの女の子は視えていないみたいだ。どんなあやかしかはわからないけれど、なにか事情がありそうなので、この子に声をかけるべきか迷う。

「晴夜（せいや）？」

落ち着かない様子の三浦くんを見て、八城くんが不思議そうに首を傾げた。

「今、鈴の音が聞こえただろ」

「いや、俺は聞こえないけど」

「そんなはずない。確かにすぐそばで聞こえた！」

三浦くんが声を荒げて訴えると、八城くんは困惑したように辺りを見回す。どうやら三浦くんと私には聞こえて、八城くんには聞こえていないようだ。

「このっ！　玄二をどこにやったんじゃ！　返せ！」

子どもの姿のあやかしは今も三浦くんのことを叩き続けている。その度に鈴の音が何度も鳴っているのが聞こえてくるので、鈴はあやかしが持っていて、普通の人には聞こえてないのだろう。

三浦くんは叩かれていることにはまったく気付いていない様子で、鈴の音のことを八城くんに真剣に話していた。

このあやかしが言っている〝玄二〟とはなんだろう。もしかしたら、人の名前だろうか。

「あんたは聞こえなかったか？　鈴の音だ！　ほら、今だって！」

「あ、あの」

聞こえると言っていいものなのか迷ってしまう。この音はきっとあやかしが持っていると、妖力のない人間には聞こえない。そんなことを話しても、信じてもらえる気がしなかった。

頭のおかしいことを言っていると思われるだろうし、三浦くんにはあやかしが視えていないので妖力はないはずだ。それなのに鈴の音だけ聞こえる理由がわからない。

「清白さんに詰め寄るなって。落ち着きなよ」

八城くんが私と三浦くんの間に入って宥めるように三浦くんの肩を叩く。三浦くんは相当参っている様子で頭を抱えている。

「……悪い。もうノイローゼになりそうなんだ。家にいても、学校にいても鈴の音が追ってくる」

それほどまでに三浦くんに返してもらいたいものとはなんだろう。このあやかしに聞けばわかるのだろうか。

できれば力になりたいけれど、話しかけようとすれば三浦くんに私の秘密を知られてしまう。そのことに躊躇って、私は言葉を飲み込む。

「晴夜、とり憑かれてんじゃない？　恨まれてんだよ」

「誰にだよ。俺はそういう非現実的なことは信じない」

「いやぁ、この間告白してきた女の子にえげつないこと言ってたし、今までだって泣かせた子たくさんいるでしょ」

「はっきり断っただけだ。八城みたいになれって言うのか」

八城くんはとっさにこちらを向いて、両手を挙げると「俺は誠実です！」と言ってきた。よくわからないまま頷くと、八城くんは安堵したようにため息を吐いた。

髪の毛をくしゃくしゃにして疲れ切った顔で頭を抱えている三浦くんは、寝不足なのか目の下に薄い隈ができている。

「なんで俺にしか聞こえないんだ。俺の頭がおかしくなってるのか？」

「あの……」

本当のことを伝えるのは怖い。八城くんみたいに気味悪がらずに受け入れてくれる人ばかりではないことはわかっている。そもそもあやかしが視えるなんて非現実的なことを三浦くんが信じるようには思えない。

それでもこの状況を放っておくべきではない気がする。

「〝玄二〟ってわかる？」

あやかしが口にしていた言葉を告げると、三浦くんは目を見開いた。けれど、警戒するようにすぐに目を細められた。

「誰から聞いた」

三浦くんの表情がわずかに陰り、緊張をはらんだピリピリとした空気になる。すると、女の子のあやかしが私の方へ振り向いた。

「おまえ！　玄二を知っているのか！　玄二はどこじゃ！」

「えっ」

詰め寄ってくるあやかしの勢いに圧倒されていると、三浦くんが不審そうに「どうしたんだ?」と声をかけてきた。

「おまえ、あやかしが視えるのじゃな！　ならば、この者に玄二を返せと伝えるんじゃ！」

黄緑色のまん丸な瞳が私のことを見上げて、訴えてくる。

「げ、玄二を返せって」

思わず声に出してしまい、気づいたときには遅かった。

「返せって……ふざけているのか」

三浦くんの静かに怒りが込められた瞳が私に向けられて、背筋が凍る。

「え、あの」

言葉に詰まってしまった私を助けるように、八城くんが間に入ってストップ！　と言ってくれた。

「清白さん、もしかしてなんだけど、いる?」

その質問に小さく頷く。八城くんは、そういうことかと苦笑した。

「晴夜は口が堅いから言いふらしたりはしないと思うけど、清白さんが困るなら日を改めて俺が間に入って解決する方法を考えよう」

人にこの力を、あやかしの存在を知られるのは怖い。けれど、私はすこしずつでも人と関わっていこうって決めたのだ。それにきっとこのあやかしは大事なものを探しているからこんなにも必死に三浦くんの後を追っているのだろう。

私が役に立てるのなら、すこしでも力になりたい。

「大丈夫。私も一緒に手伝うよ」

八城くんは私の返答が予想外だったのか目を丸く見開いていた。

「この力で役に立ちたいの」

「ありがとう。清白さん」

柔らかく微笑んだ八城くんに安堵感を覚えながら、私も微笑み返した。和やかな雰囲気が流れそうになったところで、苛立ったような三浦くんの声が聞こえてくる。

「なにこそこそ話してるんだ」

三浦くんの方へと向き直ると、彼の傍で先ほどのあやかしが倒れていた。

「どうしたの⁉」

顔色が悪く、息も荒い。冷や汗もかいているようだ。倒れているあやかしを抱えると、とても軽かった。

弱っているのかもしれない。檸檬喫茶に行って、まずは呉羽に診てもらった方が良さそうだ。けれど、外は雨が降っている。鞄に傘と、このあやかしを抱えながら帰るのは厳しい。

「あの……八城くんも一緒に来てくれる？」

「もちろん」

快く承諾してくれたことにほっと胸を撫で下ろし、あやかしが視える私が倒れているあやかしを抱えて、鞄は八城くんに持ってもらうことにした。


水溜りにローファーの爪先が当たり、水が勢いよく跳ね上がる。雨はまだ止む気配がなく、私はあやかしを抱えていて両手が塞がっているため、八城くんの大きなビニール傘の中に入れてもらった。

「――で、そのあやかしっていうのに俺は取り憑かれているってことなのか」

一通りあやかしという存在について、私の力などを説明し終えると、三浦くんはにわかには信じがたいといった様子で眉根を寄せている。

「取り憑かれているというわけではないと思うんだけど……三浦くんになにかを訴えているみたいだった」

「……本当にそんな生き物が存在するのか？」

今まであやかしという存在を知らなかった彼がすんなり受け入れるのは難しいことなのだろう。八城くんは元々の柔軟性と、あやかしに追いかけられた状況で信じるしかなかったということもあったからか、すぐに信じてくれたけれど、三浦くんの反応は当然のことだと思う。

「清白の手に触れれば、〝あやかし〟が視えるんだろ。試してみてもいいか」

「晴夜は檸檬をもらって、きちんとあやかしと対話した方がいいよ」

「その檸檬食べたら疲れるってさっき話してただろ」

「とにかく今は清白さんの両手はふさがっているから、先に清白さんの家に行こう」

人と手が触れることを私が怖がっていたからか、八城くんは気を使ってくれているようだった。

三浦くんは体力があるので、少しくらいあの檸檬を食べても平気だと八城くんは言うけれど、一口くらいならそこまで疲れないかもしれない。

「あやかしが〝玄二を返せ〟って言っていたんだけど、三浦くんには心当たりがあるんだよね？」

「……ああ」

ざあざあと降る雨の音が勢いを増す。三浦くんの黒い傘が斜めになり、暗い影が落ちる。

「今月の初めに亡くなった俺の祖父の名前が、〝三浦玄二〟だ」

三浦くんの表情は見えなかった。けれど、先ほどまで淡々と話していた彼が、感情を押し殺すように低く微かに震えた声を出していた。

「もしかして、晴夜のおじいちゃんもあやかしが視えたってこと？」

「わからない。けど、祖父からはあやかしの話は一度も聞いたことがない」

名前を知っていて、返せとまで言っていたということはあやかしと三浦くんのお祖父さんは交流があった可能性が高い。このあやかしは、亡くなって帰ってこないお祖父さんのことを今も捜し続けているのだろうか。

「きっと話をされたところで、俺はあやかしの存在を信じなかっただろうな」

「それでも視えたら、さすがの晴夜でも信じるしかないよね」

「〝視えたら〟な」

まだ三浦くんも半信半疑のようだ。視えたとき彼は素直に受け入れることができるのだろうか。恐怖心にとらわれて、拒絶する可能性だってある。

三浦くんはどちらだろう。

それにもう会わせてあげることはできないと、このあやかしに伝えなければいけない。そうでなければ、きっとこれからもお祖父さんを捜し続けてしまう。悲しいけれど、傷つけるだろうけれど、偽りのない真実を話さなければいけない。

石段を登りきった右側の道に濃紺の番傘が見えた。くるくると回しながら、こちらを眺めているのはまなかだった。彼女の肩には青時雨が乗っている。

「やほー、べにちゃん。今度は晴夜かぁ」

〝まなか〟と口に出そうとしたところで、まなかは声に出さないでというように人差し指を唇に当てた。

「晴夜とは小学生の頃から一緒なんだ。口が悪いけど、仲良くしてあげてね」

まなかはにっこりと微笑んだ後、私が抱えているあやかしを視て、目を細める。

「その子、結構弱っているね。青時雨はなんてあやかしか知ってる？」

「ああ、玄二のところにいた座敷童だ。……おそらくは家からしばらく離れていたのかもしれんな。座敷童は家を離れると妖力かなり消費される」

もしかしたら、この子は三浦くんのお祖父さんを捜し回っていたのかもしれない。家を離れると妖力が削られていくのに、それでも捜していたのは会いたくてたまらなかったからだろうか。

「清白さん？　どうかした？」

「ううん、行こう」

青時雨が三浦くんのお祖父さんの名前を知っていたので、やはりあやかしが視える人だったのだろう。

苦しそうに呼吸をしているあやかしをぎゅっと抱き締める。

早く助けてあげたい。けれど、それは同時に辛い事実も告げなければいけないのだと思うと心がずっしりと重たくなった。

家に着いて玄関の扉を開けると、予想通り出迎えてくれた呉羽は渋い顔で私が抱えているあやかしと三浦くんを見やる。

「た、ただいま。呉羽、あの！」

「また面倒ごとを持ってきたな」

呆れたようにため息を吐かれてしまったけれど、家の中に通してくれた。キッチンにいたおばあちゃんは嬉しそうに「いらっしゃい」と出迎えてくれる。

「お邪魔します」

「千夏くん、また来てくれて嬉しいわ。あら？　あなたは玄二さんのお孫さんね」

おばあちゃんは三浦くんを見るとどこか寂しげに微笑んだ。

「もしかして、祖父の通夜でお会いしましたか」

「ええ。玄二さんとは昔からの知り合いなのよ」

そういえば今月の頭におばあちゃんは知り合いの人のお通夜に行っていた。それが三浦くんのお祖父さんのお通夜だったようだ。

思わぬつながりに少し驚いてしまったけれど、ゆっくりと話をしている場合ではない。抱えているあやかしを呉羽のもとに連れて行き診てもらう。

「この子、すごく苦しそうなの。座敷童、なんだよね？」

「ああ。だからだろう。住処としている家から離れ、外に出ているから妖力が削られ続けている。このままじゃ死ぬぞ」

〝死ぬ〟その言葉に全身が粟立つ。早く助けないとと焦る私に呉羽は「落ち着け」と窘（たしな）める。そして、キッチンの方へと消えていった。おそらくは呉羽が檸檬を使ったなにかを用意してくれるのだろう。

あやかしを連れて客間へ行くと、柔らかなファブリックソファに寝かせる。そして、彼女の髪をそっと撫でた。

「頑張って。もう少しだから」

サラサラな生成り色の髪が汗をかいている額にぴったりとくっついている。その汗をハンカチで拭っていく。

「今日のお客様は、そのあやかしの子と玄二さんのところのお孫さんなのかしら」

おばあちゃんはなにかを察した様子で、わずかに目を細めた。

「三浦くんには妖力がなくて、あやかしが視えないはずなのに、なぜかこのあやかしが持っている鈴の音だけが聞こえてくるみたいなの。おばあちゃん、どうしてかわかる？」

「そうねぇ……」

おばあちゃんは少し考えるように三浦くんのことを見つめると、わずかに眉を上げる。

「その腕時計は玄二さんのよね？　昔つけているのをよく見たわ」

「はい。形見です。生前はいつも祖父が身につけていました」

腕につけられた茶色の革のアンティーク調の腕時計に三浦くんは大事そうに指先でそっと触れた。

「きっとそれを身につけているからかもしれないわねぇ」

「これが原因ですか？」

腕を組んだ三浦くんが思い出したように、わずかに目を見開く。

「そういえば、これを身につけるようになってから、聞こえてくるようになりました」

「きっと時計には玄二さんの妖力が残っていたんだわ。そこから微量の妖力があなたの体内に入り込んで、鈴の音を聞かせたのかもしれないわね」

「……祖父は、あやかしが視えていたということですか」

おばあちゃんはソファの上に横たわっているあやかしに視線を向けた。

「それはこの子が目覚めてから話を聞けばわかるんじゃないかしら」

あやかしの姿が視えていない三浦くんは、どこか複雑そうな表情を浮かべていた。

非現実的なものを受け入れたくない気持ちと、受け入れざるおえない現状の狭間で困惑しているように見える。

少しして呉羽が背の低いグラスを三つおぼんにのせてやってきた。

「ミント檸檬スカッシュだ。お前らも飲め」

八城くんと三浦くんに手渡すと、残ったグラスを私の前に持ってくる。私からあのあやかしに飲ませろということなのだろう。

三浦くんは一口飲むと、ソファの方を見やり、驚愕したように身を引いた。

「な、なんだ？　さっきまでいなかったはずだ」

困惑しているのか、グラスをテーブルに置き、口元を手で覆い考え込んでいる。

「随分可愛らしいあやかしだなぁ」

「あやかしって、この着物姿の子どものことか？」

「そうだよ。晴夜にも視えてるでしょ」

実際にあやかしを前にしても、三浦くんは「本当に人間の子どもじゃないのか？」と何度も八城くんに確認していた。

「この子が三浦くんにくっついていた子だよ」

「……鈴の音を鳴らしていたやつってことか」

三浦くんは拒絶することなく、理解しがたい非現実的なものを必死に受け入れようとしているようだった。

「べにちゃん。この子にも飲ませてあげましょう」

おばあちゃんがあやかしの身体を起こしてくれたので、口元にグラスを持っていき傾ける。

お菓子とは違って、飲み物なら喉に通りやすそうだ。呉羽はぶっきらぼうだけれど、彼なりにこのあやかしのことを思って飲み物にしてくれたのだろう。

あやかしの喉が鳴り、少しずつミント檸檬スカッシュを飲んでいく。

目を閉じていたあやかしは薄目を開けたあと、驚いた様子で大きく目を見開いた。

「な、なななな！　なんじゃここは！」

「大丈夫？　意識を失っていたんだよ。それで檸檬喫茶に連れてきたの」

「檸檬喫茶……ここが玄二の言っていたところか」

私の説明を聞き、現状を少しずつ理解したのかあやかしの肩から力が抜けたことが見てとれる。

「名前を聞いてもいい？」

「若緑（わかみどり）じゃ」

「綺麗な名前だね」

「玄二にも言われたが人にはそう感じるのか。変わっているな」

真紅の帯の前で指を組み、照れくさそうに若緑は唇をわずかに尖らせた。その姿は可愛らしくて、見ていると心が和む。

「若緑と玄二さんはどんな関係なの？」

「玄二はあの家に住み始めてから、わしとメンコやかくれんぼという勝負ごとをしたり、時には公園というところに共に行く仲だった。この着物も玄二からもらったものだ！」

よもぎ色の着物を着た若緑は腕を組み、三浦くんのお祖父ちゃん――玄二さんのことを得意げに話し出す。

「無駄に明るくてよく笑うやつだった。わしが酷いことを言っても、あやつは声をあげて笑うんじゃ。陽気でおかしなやつじゃろう」

「仲が良かったんだね」

「べ、別に仲良くなどない！　普通じゃ！」

照れたように頬を膨らませる若緑からは本心ではないことが汲み取れる。玄二さんとの日々を話す若緑はとても楽しそうだ。

「だが、あるときから玄二が家の中からいなくなったんじゃ。わしは家中捜した。公園という場所にも行ってみた。……けれど、玄二はいなかった」

表情に影が落ちる。それはおそらく、玄二さんが亡くなったあたりだろう。

「来る日も来る日も玄二を待った。けれど、戻ってくることはなく、ある日そいつが玄二の大事にしていたものを身につけているのを見つけたんじゃ」

ていた。

「それで〝返せ〟って言っていたの？」

「ああ。そいつが玄二の大事なものを取り上げたんじゃないかと思ったからじゃ」

若緑が指をさした三浦くんがつけている腕時計は、先ほど玄二さんの形見だと話していた。

おばあちゃんの言ったとおり、腕時計が——玄二さんの想いが三浦くんと若緑を繋いだのかもしれない。

「玄二はいったいどこに行ったんじゃ！　早く教えろ！」

「それは……」

三浦くんは押し黙ってしまった。彼を責めるように睨みつける若緑は、いまもまだ玄二さんがどこかにいるのだと信じて疑わないのだろう。

「お前は玄二がどこにいるのか知っているんじゃろう！」

答えに詰まる三浦くんに歯痒そうに若緑が詰め寄る。項垂れるように俯いた三浦くんは、声を微かに震わせた。

「……玄二は、じーさんは」

そして、ほんの少しの間を置いて、言葉が続く。

「もういない。死んだんだ」

若緑は目を大きく見開いたまま、時が止まったように硬直している。

「……し、んだ？」

「ああ。だから、もう会えない。この腕時計は形見として俺がもらった」

「そ、そうか。人の命は短いのだったな……はは……そうじゃったか」

声を震わせながら必死に虚勢を張る若緑は、ぎこちない表情で乾いた笑い声を漏らす。

「あ、あんなやつ、いなくて清々する。下手くそな歌を聴かせてきて五月蠅くてたまらなかったんじゃ。まんじゅうだっていっつも半分こ。どこにいるかすぐにわかるからといって、鈴というものを無理矢理渡してきて迷惑していたんじゃ」

ぽたりと、雫が一つ落ちた。

「麦茶とやらは妙な味がするし、やたらと人間の子どものような扱いをしてくる。で、でも……言ったじゃないか。また一緒に散歩に行こうと。紫陽花が咲いたら、見に行こうと約束したんじゃ……嘘つき」

ぽたり、ぽたりとさらに雫は落ちていく。

「嘘つき！　嘘つき！」

怒ったように声を上げながらも、泣きはらした顔をくしゃくしゃにしていた。玄二さんからもらったというよもぎ色の着物に、涙がしみを残していく。

「なんで死んだんじゃ！　置いていくな。……置いて行かないでくれ。お前がいないとつまらぬ。……玄二、げん、じ……戻ってきてくれ……居場所がわかるように鈴だってたくさん鳴らすから……だから、玄二っ」

　こぼれ落ちていく涙と、若緑の言葉一つひとつから、玄二さんのことが大好きなのだと痛いくらいに伝わってくる。鼻の奥がつんとして、私の視界が滲んでいく。

「ひとりはいやじゃ！　話し相手がいなければ、ひとりぼっちになるじゃないか！玄二！……玄二。声を聞かせてくれ。くだらないことを言っても怒らぬ。わがままを言わないように気をつける。いい子にするから……だから、もう一度会いたい。……会いたいんじゃ」

　弱ってしまうくらい必死にずっと探していた最愛の人はもうこの世にはいない。若緑は玄二さんを想って駄々をこねるように泣きじゃくっている。

　その光景は見ているのが辛くなるほど、若緑の会いたいという切実な想いが伝わってきた。

「会いたい……玄二に会いたいっ」

　呉羽はなにかに耐えるように眉を寄せて、爪が食い込むほど手を握り締めている。自分とおじいちゃんに重ねてしまっているのかもしれない。

　泣きじゃくる若緑の目の前にしゃがみ、そっと手を伸ばしたのは三浦くんだった。

「……あやかしも温かいんだな」

　ほんの少し戸惑いながら、けれどぎこちない手つきで若緑の頭を撫でて、小さな手を包み込むように握った。

「玄二も同じことを言っていた」

若緑は黄緑色の目からぽろぽろと涙を流しながら、三浦くんの手に頬を寄せる。

「もう玄二はいないんじゃろう。それならわしはこの先どうすればいい。どう生きればいいのじゃ」

「ごめんな」

彼も今にも泣き出しそうなくらい弱々しく、若緑に語りかける。

「じーさんのこと大好きだったんだな。」

「っ、大好きじゃない。あいつは……玄二は大好きなんかじゃ……っ」

「伝えるのが遅くなってごめん。大事に想ってくれてありがとな」

意地っ張りな若緑の涙を三浦くんは指先でそっと拭うと、抱きしめた。

「これからは俺が鈴の音を聞く」

「わしに気づかなかったくせに……っ」

「これからは、どうにかする」

「無茶苦茶じゃ」

両手で若緑は三浦くんの胸を何度も叩く。それは、やり場のない気持ちをぶつけているように見えた。

「一緒に家に帰ろう」

「わしはあやかしじゃ。それなのに一緒に帰るなんていうのか」

若緑は叩いていた手を止めて、じっと三浦くんの顔を見つめる。三浦くんは呆れたようなため息を吐き出した。

「今更だな。ずっと住んでいたんだろう」

「……そういう変なところは、玄二にそっくりじゃ」

涙でぐちゃぐちゃになった顔で若緑が苦笑する。

「そうかよ」

三浦くんも、あやかしである若緑も、玄二さんを大事に思っているのは同じなのだ。

失ってしまった痛みと寂しさを抱えていても、きっとふたりにとっての大事な思い出は消えることはないのだと、私は近くにいる呉羽を見ながら思った。

非現実的なものに抵抗があった三浦くんもさすがにあやかしの存在を信じてくれたようで、帰り際におばあちゃんから檸檬ピールを一袋もらっていた。

三浦くんなりに考えた若緑とのコミュニケーションの取り方は、時折檸檬を食べて姿を視ながら対話をすることだそうだ。

呉羽も悪用しなければ構わないと言って、檸檬ピールを三浦くんに渡すことを許したようだった。

そして、三浦くんの話によると玄二さんは家族旅行に行くよりも家でゆっくりしていたいとよく言っていたそうだ。

もしかしたら、それは若緑を家でひとりぼっちにしないためだったのかもしれない。きっと玄二さんにとって若緑も大事な家族の一員だったのだろう。

外に出ると、太陽はすっかり沈んでいる。雨がいつの間にか止んでいて、水をたっぷり吸い込んだアスファルトからは独特な匂いが立ち上っている。

八城くんと三浦くん、若緑を石段の近くまで見送っていると、三浦くんが振り返ってこちらを見据えた。

「清白」

「は、はい」

突然名前を呼ばれて、身構えてしまう。

「清白のこと魔女だとか、虚言癖があるだとかそういう噂を聞いていて、最初は八城も付き合わされているんじゃないかと思って嫌な態度をとった。ごめん」

「……噂、三浦くんのところにも広まっているんだね」

魔女だと言われているのは八城くんから聞いて知っていたけれど、虚言癖とまで言われていたなんて知らなかった。

以前までは胃のあたりがぎゅっと苦しくなり、学校へ行きたくない気持ちがせり上がってきたけれど、今は不思議と平気だ。

それはきっと八城くんがいてくれるから。

私を友達だと言ってくれて、拒絶しないでくれた彼の存在は私の中でとても大きなものになっている。

「清白、ありがとう」

三浦くんが笑ったところをこの日初めて見た気がした。普段は大人びて見えるのに、歯を見せて笑う三浦くんはどこかあどけなさを感じる。

「役に立ててよかった」

踏み出した一歩が、無駄ではなかったと三浦くんの笑顔で自信を持てた。

私の一歩は、おばあちゃんと呉羽が今まで支えてくれて、八城くんが手を伸ばしてくれたから踏み出せたもの。そして、三浦くんや若緑たちあやかしと関わることで前を向けたものだ。

「っ、また明日学校で！」

初めての言葉を、大きく手を振りながら口にする。八城くんも三浦くんも「また明日」と返してくれた。

だれかと交わす言葉はこんなにも温かくて優しいものなのだと、私は宝物のように嬉しく感じた。

「べにちゃん」

振り返ると、いつの間にかまなかが立っていた。

懐かしむように目を細めて、石段を下っていく八城くんと三浦くんを眺めている。

「あの子、助かってよかったね。まさか晴夜があやかしと関わるなんてね」

「最初はすごく困惑していたみたいだったよ」

「困惑してる晴夜とかレアだよ！　現実的じゃないことが起きて相当驚いたんだろうね」

まなかの口ぶりから仲がよかったのだろうなと感じたけれど、詳しくは聞かなかった。先ほどまなかがいることを彼女自身が隠したのは、八城くんや三浦くんの前には姿を現す気はないのかもしれない。

四月に八城くんにお別れを告げた、まなかなりのけじめなのだろうか。それとも、なにもしらない三浦くんには隠しておきたいのか、彼女の真意はわからない。

「まなか」

彼女の名前を呼ぶと、緩慢な動作で振り向いた。

「あの……私、まなかに今朝前より笑うようになったって言ってもらえて嬉しかった」

次第に心音が大きくなっていく。

「私が変われたなら、それはまなかや八城くんたちのおかげだよ。だから、その」

自分の気持ちを伝えるのが怖いのは、相手がどんな反応をするかわからない。それでも、伝えたい。俯いてばかりではなくて、少しでも自分を誇らしく思えるようになりたい。

「まなかと友達になりたい！」

顔が熱い。湯気でも出そうな気がするほど、頬に熱が集まっている。

心臓もバクバクと大きな音を立てて、私の緊張を煽っていく。

「私はあやかしだよ。それでもいいの？」

「あやかしでも人間でも、まなかであることは変わらないよ」

まなかが人間のときに出会っていても、私はきっと天真爛漫なまなかに憧れを抱いていたと思う。

場の空気を明るくしてくれて、笑顔が魅力的なまなかは私とは全く違う女の子。だからこそ、眩しくて羨ましくて憧れる。

「私はそんなべにちゃんが大好き」

まなかは目元を赤く染めて微笑むと、私に手を伸ばしてきた。

「友達になってくれる？　べにちゃん」

「うん！」

華奢な指先に手を伸ばして、握手を交わす。高校入学前には、私に人間とあやかしの友達ができるだなんて思いもしていなかった。

ひとりぼっちで孤独で、できるだけ息を殺して過ごしていくような三年間がまた始まるのだと覚悟していたけれど、未来はなにが起こるかわからない。

息苦しい毎日を過ごしていた過去の私に教えてあげたい。

踏み出せば、世界は変わっていく。俯いてばかりだと見られない景色がある。ひとりだなんて決めつけるのはまだ早い。

「ねえねえ、べにちゃん。見て、空が綺麗だよ！」

まなかが目をキラキラと輝かせながら、空を指差す。

「本当だ。今日は空が澄んでいて星がよく見えるね」

見上げると雨雲はどこかへ姿を消していて、朝から夕方まで雨がずっと降っていたのが嘘みたいだ。

星々が瞬く傍で、淡く優しく滲んだ光を放っている月が見える。

今日はよく晴れた夜だった。

家に帰ると、呉羽は思い耽るように窓の外を眺めていた。その背中は小さくて、寂しげで胸が締め付けられる。

おじいちゃんが亡くなって八年が経った。

ランドセルを背負っていた小学生から高校生になったけれど、呉羽はあの頃と変わらず姿が幼いままだ。

「ねえ」

後ろから声をかけると、呉羽の肩がぴくりと動いた。

「呉羽は……どうして子どもの姿のままでいるの？」

「お前が最初に会ったとき怖がったからだろ」

「それはそうだけど……」

きっと呉羽がずっと子どもの姿でいるのは、幼かった私が本当の姿を怖がったからという理由だけではない。

おじいちゃんが呉羽の子ども姿を気に入っていたことや、おじいちゃんと過ごした日々のことを忘れないように時を止めているように思える。

「今日の晩御飯は呉羽が担当だったよね。なに作るの？」

「カレーだ」

「おじいちゃんが好きなメニューだね」

　窓に反射した呉羽の顔が顰められる。

　そうだったかと素っ気なく返してきたけれど、カレーにするのはおじいちゃんのことを想ってだろう。

「もう八年が経つね」

「……ああ、そんなに経つのか」

　時が経つのはあっという間だけど、思い出が色褪せることはない。

「呉羽」

「……なんだよ」

「おじいちゃんのこと大事に思ってくれて、忘れないでいてくれてありがとう」

　呉羽はなにも答えなかった。この家でおじいちゃんは太陽みたいだった。

　亡くなった今でも、私たちにとってそれは変わらず、写真の中で笑っているおじいちゃんが見守ってくれているみたいで温かな気持ちになる。

　もう会えないのは寂しい。もっと一緒にいたかった。伝えきれなかった想いもあって、後悔だってある。

　それでも、おじいちゃんがくれたものを私たちは大事に守りながら時を刻んでいく。人間でも、あやかしでも誰かを大事に想う気持ちは変わらない。

　あのね、おじいちゃん。

私も守るよ。おじいちゃんが大事にしていたおばあちゃんのことも、孫のように想っていた呉羽のことも。

今の私じゃ力不足かもしれないけれど、自分の持つ精一杯の力で守っていくから。だから、これからも私たちのことを見守っていて。

心の中でおじいちゃんへの想いが溢れていく。今日は色々なことが重なったからか少し感傷的になってしまう。

「べにちゃん」

「はーい！」

洗面所からおばあちゃんが私を呼ぶ声が聞こえて、大きな声で答える。

「ちょっと手伝ってくれるかしら」

「今行く！」

おばあちゃんの元に向かおうと、その場を離れようとしたときだった。

「……忘れねぇよ」

呉羽が零した本音が、記憶の中の雨の日の涙と重なって、私の心に温かな波紋を起こす。

私も忘れない。忘れられるわけがない。

おじいちゃんのことも、この家で過ごした日々も、呉羽の流した優しい涙も全てが愛おしくて、心に残り続けている。
小さく笑みを落として、前を向いて一歩踏み出した。

七月の風花（かざはな）

「清白さんは檸檬喫茶を継ぐの？」

八城くんの一言に、私はシャーペンを持った手を止めた。

予期せぬ質問に困惑し、口を噤（つぐ）む。

今日は期末テスト対策のため、私たちは放課後の教室でテスト範囲をまとめたノートを開いて復習をしていた。

檸檬喫茶にいるとあやかしが来て勉強が中断される。そのため私が放課後の教室で勉強をしていることを知った八城くんが自分もやりたいと言い出した。そして三浦くんのことをも誘い、三人で集まったのが始まりだった。

いつの間にかこうして勉強会をするのが最近の日常になりつつある。

先ほどの八城くんの質問によって数秒の沈黙が流れ、三浦くんが短く息を吐く。

「その前に大学だろ」

「それはそうだけどさ。あの場所を受け継いでいくのか少し気になったんだよ」

目の前に座っている三浦くんと八城くんの会話を聞きながら、私は漠然とした将来について黙考する。

目先の大学のことすら決めていなかった。それに檸檬喫茶を継ぐというのは、おばあちゃんが今していることを私がするということだ。

喫茶店の経営とお菓子作り。そして大きな檸檬の木や庭の植物たちのお世話。近所の人から依頼があれば、オーダーメイドのお菓子を作ることもある。それを私にできるのだろうか。

「継ぐかはまだわからないけど……私にできることってなんだろう」

檸檬喫茶を継ぐにしても、継がないにしても自分にできることが思い浮かばない。暗闇に手を伸ばすような不安に襲われて、心が萎縮していく。

「清白さん。そんなに難しく考えることないよ」

八城くんが私の顔を覗き込み、安心させるように微笑む。

「まずは自分が興味あることから探していけばいいんじゃないかな」

八城くんのたった一言が優しく足元を照らしてくれるみたいだった。心地の悪い浮遊感にも似た感情が少し落ち着き、興味があることを思い浮かべてみる。

好きなことで考えつくのは、花やお菓子作りだ。今から少しずつ勉強していけばおばあちゃんのようになれるのだろうか。

「継ぐにしても、まずは大学とその先の就職が先じゃないのか」

「就職……」

頭から冷や水をかけられたように将来への希望が萎んで、三浦くんの言葉に硬直する。そんな私に三浦くんは困ったように眉を八の字にした。

「子どものときならまだしも、大人になれば手が触れるリスクは低くなると思う」

就職という単語に身構えてしまったけれど、三浦くんの言う通りだ。大人になれば小学生の頃のように、いきなり手を繋がれるというのはほとんどないだろう。

「高校でだって手が触れることなんてないだろ」

「それは……」

三浦くんの隣に座っている八城くんを見やると、気まずそうに目をそらされてしまった。どうやら同じことを思い出していたらしい。

そんな私たちの視線のやりとりを察した三浦くんは顔をひくつかせる。

「八城、お前自分で誠実って言ってなかったか？」

「っ事情があるんだって！　無理やりとかじゃない！」

軽蔑するような眼差しを向けている三浦くんに八城くんが必死に事情を説明して、私も誤解を解くように何度も頷く。

私が階段から落ちそうになって助けてくれたときや、あやかしの河虎から逃げるとき。そして、まなかと話すときや黒曜と会うときなど何度か手を繋ぐことはあった。

けれど、どれも無理やりではなく、階段から落ちそうになった事故で八代くんと手が触れ合ったため、私たちは関わり合うようになったのだ。

「私、八城くんと手が繋げてよかったよ」

「へ？」

「だってそのおかげで、学校で友達ができて毎日が楽しくなれたから」

八城くんとこんな風に仲良くなる前は、学校が憂鬱だった。

人となるべく関わらないようにと過ごしてきたけれど、今は八城くんや三浦くんと話したいことができると早く学校に行きたいと思うようになった。

「ふたりと友達になれてよかった」

八城くんは嬉しそうに目を細めて照れくさそうに笑みを浮かべる。隣の三浦くんはほんの少しだけ戸惑った様子を見せてから、肩を竦めて苦笑する。

「清白。まだ時間はあるし、将来のことはゆっくり考えればいいと思う」

「……うん」

私たちは高校一年生で、まだ将来のことを決めるのには時間がある。だからこそ自分がどうなりたいのか今からじっくりと考えていかなくてはいけない。

私はどんな大人になるのだろう。十六歳の私が大人になった姿を今はまだ想像できず、脳裏には暗いモヤのようなものが浮かんでいく。

大人になった私の傍に、今と変わらずに大事な人たちはいてくれるのだろうか。

「いつでも相談にのるから、清白さんの思ったこととか好きなように話してよ」

八城くんの笑みは私の不安を和らげてくれる。

「ありがとう。八城くん、三浦くん」

悩んで立ち止まりそうになったら、きっと彼らに話せば聞いてくれる。そんな安心感を覚えて、私は頬が緩んだ。


八城くんと三浦くんと別れて、日差しをたっぷりと吸い込んだ蒸し暑いアスファルトの上を歩いていく。最近では陽が伸びて、夕方でもまだ空は明るい。

青々とした葉の隙間から太陽の光がこぼれ落ちて、地面には葉の形をした影ができている。それがまるで私の行く道を案内しているようだった。

家の近くの石段の前に着くと、黒いなにかが集まっているのが見えて足を止める。

「や、やめてください！　わたくしは美味しくありませんよ！」

集まっているのはカラスのような黒い鳥で、その中心にいるなにかを赤色のくちばしで突いたり、足で蹴っているようだった。

隙間から見えたのは、蹲っている少女だった。慌てて駆け寄ろうとすると、突風が吹いた。

黒い鳥たちが跳ね除けられ、潰れたような声を出して上空へと飛ばされていく。怯んだ様子の黒い鳥たちは一斉に遠くの方へと消えていった。

少女の元へ行くと、私を見てびくりと肩を震わせた。

「大丈夫？」

「わ、わたくしが視えるのですか？」

見た目は中学生くらいの少女で、後ろで一つに結んでいる黄を帯びた赤の髪は夕焼け色を連想させる。そして純白の小袖に髪と同じ色の袴のような服を着ており、まるで巫女装束のようだった。

人のような姿をしているけれど、鮮やかな髪色と発言からして、この少女はあやかしなのだろう。

「私は生まれつき、あやかしが視えるの」

「……そういう人間もいるのですね」

よく見ると、先程の黒い鳥たちにやられたのか頬や腕にかすり傷ができている。放っておけばまたべつのあやかしたちに襲われてしまうかもしれない。

「怪我の手当てをしよう。私の家、この階段の上にあるの」

少女は両腕を持ち上げて怪我を確認してから、おずおずと私を見る。

「人間があやかしの治療をするのですか？」

「おばあちゃんが檸檬喫茶っていうあやかし向けの喫茶店をしているの。そこのお菓子を食べたら、傷も治るはずだよ」

首を傾げて「檸檬喫茶？」と呟く少女に、私も同じように首を傾げた。この辺りにいるあやかしで檸檬喫茶を知らないのは珍しい。

「聞いたことない？」

「はい。あの……わたくし、春に生まれたばかりで知らないことが多いのです。人間と会話をしたのも貴方が初めてです」

「生まれたばかり……」

姿は中学生くらいでも、あやかしは人と違ってすぐに大きくなるのだろうか。それとも、生まれつき今の姿なのかもしれない。

私の考えていることがわかったのか、少女は目尻を細めて微笑む。

「私は、成長が早いのです」

成長が早いあやかしがいることを初めて知った。けれど、彼女の表情がほんの少しだけ寂しげに見えて、詳しく聞くことを躊躇う。

「あ……また」

少女が見つめた先に視線を向けると、遠く離れた坂の上に男の人が立っていた。熟した檸檬よりも淡くくすんだ承和色(そが)の長髪。真っ白な着物に煤竹色(すすたけ)の袴姿で、こちらを見据えている。

「知り合いなの？」

「いえ……言葉を交わしたことはありません。ですが、気がつくとこうして遠くから見られているのです」

距離があるため顔はよく見えない。けれど独特な髪の色といい、あやかしである少女を目視している彼も同じあやかしなのだろう。

「わたくしを食べる機会を狙っているのでしょう」

「た、食べるって」

「力の弱いわたくしは、あやかしたちに狙われやすいのですよ」

あの黒い鳥たちも彼女を食べようとしていたらしい。

あやかし同士の共食いがあると呉羽から聞いたことはあったけれど、こんなに可愛らしい女の子のあやかしが、死と隣り合わせで生きているのだと思うと慄然とした。

「早く行こう」

遠く離れた位置から未だにこちらと静観しているあやかしから顔を背け、少女の手をとった。少しでもあの視線から逃れるように石段を上がっていく。

「お名前をうかがってもよろしいですか」

「紅花。貴方の名前は？」

私の隣を歩いている少女は、たおやかに花笑む。

「朱鞠と申します」

朱鞠の髪に挿してある簪が夕日によって煌めく。それは透明で雪の結晶の形をしており、朱鞠が歩くたびにしゃらしゃらと優美な音を奏でていた。

家に帰ると、玄関まで出迎えにきてくれた呉羽が顔を顰めた。想像した通りの反応に、思わず苦笑する。

「ただいま、呉羽。この子、怪我をしているの」

「お前、また厄介な奴を連れてきたな」

その言葉に少しだけ引っかかったけれど、私の隣に立っている朱鞠は礼儀正しくお辞儀をして、硬い声で「初めまして」と言った。それに対して呉羽は一瞬表情を強張らせる。

「ああ……そうだったな」

「呉羽？　もしかして朱鞠のこと知ってるの？」

「いや、こいつと会うのは初めてだ」

仕方なさそうにため息を吐いた呉羽によって、朱鞠は中に案内されていく。私はいつもとはどこか違って見える呉羽を不思議に思いながら、カバンを部屋に置きに行った。

準備を済ませて喫茶店の方へ行くと、朱鞠は汚れていた頬をおばあちゃんに温かな湯気を放っているタオルで拭いてもらっていた。

「ふふ、ありがとうございます。紫代様」

朱鞠が子どものような無邪気な表情でくすぐったそうにしている。呉羽に挨拶をしたときは声が硬かったけれど、どうやら緊張が解れてきたようだ。

怪我を治すために、なにか檸檬を使ったお菓子を思って、キッチンへ行くと呉羽がお湯を沸かしていた。

「あれ？　アイスティーがまだ冷蔵庫にあったと思うよ」

七月のこの時期にホットの紅茶では熱いのではないだろうか。最近檸檬喫茶にやってくるあやかしにはアイスティーに輪切りの檸檬を入れていたはずだ。

「アレには冷たい紅茶より温かい方がいい」

「そうなの？」

「眠り草のあやかしは寒さに弱いからな」

あやかしにもそれぞれ弱点があるらしい。けれど、どうして呉羽は朱鞠が眠り草のあやかしだと知っているのだろう。

「やっぱり呉羽、朱鞠と会ったことがあるの？」

「俺は長く生きているから知っていることが多いだけだ」

呉羽の見た目は子どもだけれど、実際の姿は大人で私よりも遥かに長く生きている。だからこそ、会ったことがなくとも一目見ればどのようなあやかしなのかわかるものなのだろうか。なんとなく返答をぼかされたようなもどかしさを感じる。

「紅花。お前が作ったやつを出してやれ」

「えっ」

呉羽が言っているのはおそらく昨夜私が作った檸檬のメレンゲパイだ。呉羽に味見として食べてもらったけれど、お客様に出してもいいのだろうか。

「味は問題なかった。お前が連れてきた客だ。どうせなら食ってもらえ」

「う、うん」

私が作ったお菓子を月長に食べてもらったことはあったけれど、こうして檸檬喫茶で出すのは初めてだった。

冷蔵庫から取り出したメレンゲパイをお皿に盛り付けながら、隣でお茶の用意をする呉羽をちらりと見やる。

「ねえ、呉羽。私がもしも……」

続きの言葉を口にするのが怖くて、唇を結ぶ。聞いてみたところで、呉羽に呆れられたり、無理だと言われてしまったら立ち直れないかもしれない。

「どうした」

「えっと、その」

呉羽なら真剣に聞いてくれる。笑ったり呆れたりはしないだろう。そう自分を鼓舞して、彼の方へと向き直る。

「わ、私が檸檬喫茶をいずれ継ぎたいって言ったら、どう思う？」

呉羽は面食らったように目を見開き、だらりと腕を下ろした。

「継ぐ気、なのか？」

「……まだ先の話だけど、いつかはそうできたらいいなって」

その頃には呉羽がまだここにいてくれるかはわからない。元々呉羽がここにいる理由はおじいちゃんとおばあちゃんを守るためだ。

傷だらけだった呉羽をおばあちゃんが庭で見つけて助けたのが出会いだそうだ。そして傷がかなり深くてすぐには癒えなかったため、しばらくこの家で療養していたらしい。

折れた羽が治るまでの間、呉羽はおじいちゃんの話し相手になり、強い妖力を持つ檸檬の木を守っていたそうだ。ふたりが孫のように呉羽を可愛がっていたのを、幼い頃の記憶に残っている。

この檸檬喫茶と呉羽たちには、私が知らない絆があり、時が来ておじいちゃんとの約束を果たせば呉羽はここを出ていくのだろう。

「そうか」

たった一言だった。けれど呉羽は顔を綻ばせて、優しげな眼差しを向けてくる。言葉よりも、表情が答えのようだった。

「呉羽は……」

ここにいてくれる？　と聞いてしまえば、縛りつけてしまう気がして言葉が喉元につっかえる。

「あの檸檬の木がある限り、俺はここにいる」

収穫した檸檬の実を手のひらにのせて、呉羽は大事そうに握った。

「檸檬の木が今のように強い妖力を持ったのは俺が原因だからな」

「そうなの？」

「元々紫代が育てていた植物には水をあげるときに妖力が微量だが流れていた。俺はここにたどり着いたとき、怪我を治すために妖力が必要だから目についた檸檬をよこせと言ったんだ」

懐かしむように呉羽が目を細めて、当時のことを話始める。

「そしたら紫代は傷が治るならと言って、檸檬の木に妖力を勢いよく流し込んだ。……あれには驚かされたな」

急激に強い妖力を得た檸檬の木は、白い花も葉も、青い実も熟した実も同時に枝に宿し始めたそうだ。

「じゃあ、檸檬喫茶が始まったきっかけは呉羽を助けるためだったんだ」

「……まあ、そんなところだ。そのままじゃ酸っぱいと言って、檸檬を菓子や飲み物にして無理やり与えてきたからな」

強い妖力のある木にしてしまった責任を感じているというのもあるのだろう。けれど、呉羽にとってあの檸檬の木は思い出が詰まった大事なもののようだ。

「心配しなくとも、俺は去らない」

私の不安は見透かされていたらしい。子どもみたいな心情を知られてしまい、面映くて俯く。けれど、呉羽がいてくれるのだと思うと憂いが晴れていき安堵した。

「それにお前が作った菓子の味は悪くなかった」

顔を上げると、呉羽の背中が見えた。不器用な呉羽なりに私を応援してくれているのかもしれない。

「紅花が継ぐことを望むなら、きっと紫代もあいつも喜ぶ」

「ありがとう。私、おばあちゃんみたいになれるように頑張るね」

「ああ」

短く返した呉羽はティーセットを持ってキッチンを出て行った。

小さめにカットした檸檬のメレンゲパイがのったお皿を朱鞠に出す。すると、朱鞠は目を大きく開いて輝かせた。

「これはなんですか？　甘くていい香りがします！」

「檸檬のメレンゲパイだよ。口に合うといいんだけど」

真っ白なメレンゲの部分にほんのりと焼き目がつき、間には淡黄色のレモンクリーム。パイは一晩寝かされてしっとりとしているはずだ。

「このように美味しいものを初めて食べました！」

一口食べた朱鞠は空いた手を頬に添えて、うっとりとした表情を見せる。

「よかったわねぇ、べにちゃん」

おばあちゃんが自分のことのように嬉しそうに顔を綻ばせる。私は落ち着かない気恥ずかしさを感じながらも、自然と口元が緩んだ。

こうして少しずつ積み上げていくことができれば、いつか自信を持ってここを継ぐことができるだろうか。

朱鞠のかすり傷は塞がったものの、あやかしに狙われやすい彼女を心配したおばあちゃんが今夜は客間に泊まってもらうのはどうかと提案した。

朱鞠曰く、夜は特に狙われやすいのだそうだ。呉羽はなんともいえない表情をしていたけれど、諦めたように客間に布団の準備をしてくれた。

家族がひとり増えたように、家の中はいつもよりも明るく、朱鞠の柔らかな笑い声が時折響く。そんな温かな夜だった。


部屋の窓ガラスがカタカタと揺れる音で目が覚めた。時間を確認すると、ちょうど日付が変わったくらいだった。

喉の渇きを感じて、階段を降りてキッチンへ向かう。その途中、リビングの方から唸るような風の音が聞こえてきた。

眠る前まではここまで風は強くなかったはずだ。庭の植物は大丈夫だろうか。心配になり、リビングの窓から外を覗き込む。すると、見覚えのある姿が檸檬の木の下にあった。

熟した檸檬よりも淡くくすんだ承和色の長髪は、強い風が吹いている中にいても全く揺れていない。まるで彼を風が避けているかのようだ。

切れ長の目が、私を捕らえる。このまま部屋に戻り、関わらないこともできた。けれど、声をかけなければいけない気がして、窓の鍵を開ける。

風が一気に吹き込むのを覚悟していたけれど、そのようなことは一切なく、何故か私の髪すら揺れなかった。

「ほう、呉羽ではなく人間が来たか」

値踏みするような冷たい視線だというのに、届いた声は穏やかで澄みきっていた。外で吹いている風は次第に緩やかになり、音を失っていく。

「呉羽を知っているの？」

「互いに長く生きているからな」

月に照らされ、静かに佇む様子を目にして息を飲む。彼のようなあやかしのことを美しいというのだろう。

「人間と共に暮らすとは、呉羽も随分と腑抜けたものだ」

「……檸檬喫茶に用があるの？」

「安心しろ。この檸檬を狙っているわけではない。私は檸檬を食べなくとも、力がある」

一歩、また一歩とこちらへ距離を詰めてくる。檸檬目当てではないあやかしがここへ来る理由が思い浮かばない。

ふと最初の発言を思い出す。

――呉羽ではなく人間が来たか。

もしかしたら、呉羽に会いに来たのだろうか。けれど、このあやかしは朱鞠のことを遠くから見ていた。

朱鞠が気づくといつもいると言っていたので、彼の目的は朱鞠なのかもしれない。

「アレはまだここにいるな」

「……アレって、朱鞠のこと？」

私の目の前まで来ると、彼の首飾りがしゃらりと音を立てた。

「あ……」

違う。彼は朱鞠を狙っていない。妖力あるため檸檬を必要としていないと言っていた彼が、朱鞠を食べようとするわけがない。それにこの首飾りは、朱鞠の簪と同じ雪の結晶の形をしている。

「貴方は何者なの？」

「見てわからぬか？　私はあやかしだ」

「そうじゃなくて、貴方は……朱鞠とどういう関係なの？」

私の問いに口を歪めて、物寂しげに微笑んだ。

「ただ知っているだけだ」

朱鞠は彼と言葉を交わしたことはないと言っていた。けれど、同じ飾りを持っていて、いつも遠くから見ているのは何故なのだろう。

「貴方は、朱鞠と同じ眠り草のあやかし？」

「いや、違う。私は長命だが、眠り草は冬には命を落とす」

「え……冬にはって……」

「其方ら人間には関係のないことだ」

突き放すような冷たい物言いに怖気付いてしまう。彼は私の背後に視線を移すと、唇で弧を描いた。

「おや、ようやくお出ましだな」

振り返ると、不機嫌な面持ちの呉羽が立っている。

「帰れ」

「久方振りの再会だというのに、冷たいやつだ」

肩を竦めて笑うあやかしは、指を鳴らすと再び風が吹き荒れる。あまりの勢いに目を瞑り、止むのを待つ。

少しして目を開けたときには、彼の姿はなくなっていた。

「紅花、あやかしに迂闊に近づくな」

「あのあやかしのこと呉羽は知ってるの？」

呉羽は長嘆すると、彼が立っていた場所を睨みつける。

「……御風。俺と同じくらい強い妖力を持ったあやかしだ」

御風。名前からして、おそらく彼は風を操れるあやかしなのだろう。そしてもう一つ気になることがあった。

「眠り草は冬に命を落とすって言ってたの。朱鞠もそうなの？」

「ああ、眠り草は寒さに弱いため冬は越せない」

「そんな……」

先ほどまで一緒にいた朱鞠の笑顔を思い浮かべて胸がずきりと痛くなる。春に生まれたばかりだと言っていたのに、冬には命を落としてしまうだなんて、あまりにも短命だ。

「お前が気にしてもどうにかなることじゃない。もう寝ろ」

呉羽は窓を閉めると、有無を言わせない鋭い眼差しで早く眠るようにと促した。私は渋々ベッドに戻り、目を閉じる。けれど、御風の言葉が気になり、なかなか寝つけなかった。


翌朝、まだ眠たい目をこすりながらリビングへ行くと、朱鞠はおばあちゃんが作った檸檬餡が入ったおまんじゅうを頬張っていた。幸せそうな彼女を眺めながら、昨夜のことを思い返す。

──眠り草は冬には命を落とす。

私にはできることはないとわかっている。それでもほんの少しでいいので、力になれることはないのだろうか。

「紅花、遅刻するぞ」

呉羽の声に我に返る。時計を確認すると、いつのまにか家を出る予定の時間を過ぎてしまっていた。慌てて紅茶を飲み干して、立ち上がるとおばあちゃんに呼び止められた。

「これ晴夜くんに渡してちょうだい」

「うん！」

おばあちゃんは、三浦くんが若緑のことが視えるように定期的にお菓子を渡している。今回は透明の包み紙に小分けにされた檸檬キャラメル。案外三浦くんは甘いものが好きらしいので、喜んでくれそうだ。

三浦くんにお菓子の件を連絡すると、今日は八城くんを誘って三人でお昼を食べようと誘われた。

昼休みに体育館裏に集合すると、私たちはそれぞれお弁当を広げる。

今日みたいにお菓子を渡す日は、三人でここに集まってお昼ご飯を食べることが定番になりつつある。

「なんか清白さん、元気ない？」

八城くんが私の顔を覗き込み、小首を傾げる。その問いに三浦くんも同調するように頷いた。

「確かに今日は少しいつもと違うな」

悩んでいたことが顔に出てしまっていたようだ。

今更隠してもきっと見透かされてしまう。私は朝から考えていたことを、ふたりに打ち明けることにした。

「会って話したいあやかしがいるの」

昨夜の御風の物寂しげな表情が忘れられない。そして朱鞠の簪と同じ雪の結晶の首飾りは偶然とは思えなかった。

「捜しても見つからないかもしれないし、私にはなにもできないかもしれない……」

呉羽はおそらくなにか知っている。けれど、聞いても全てを話してはくれないだろう。それは私が口を出すべきではないからだ。

「だけど、清白さんは話したいんだよね」

頷くと、八城くんは明るい声で言葉を続けた。

「それなら捜そうよ。そのあやかしに会って、話がしたいんでしょ？」

「でも」

「俺も捜すからさ。一緒に捜せばすぐ見つかるかも」

八城くんは沈みかける私の心を救い上げるような言葉をくれる。彼が励ましてくれると、不思議と私は前向きな気持ちになれた。

「じゃあ、頼んだ。俺は今日部活で行けないから」

三浦くんが八城くんに檸檬キャラメルを一つ手渡す。それを受け取った八城くんが歯を見せて笑った。

「ありがとう」

ふたりの優しさに触れて、自然と笑みが溢れる。

私だけでは難しいと思っていたことも、手伝ってくれる人がいるのなら、できるような気がしてきた。


放課後、八城くんと石段を登り、辺りを見回す。

「和服で、くすんだ檸檬色っぽい髪色か……この辺にいるなら目立ちそうだけど」

「きっとまだ近くにいると思うの」

朱鞠が檸檬喫茶にいるのなら、彼もここから遠くへはいかないはずだ。

「名前は？」

「御風」

私が口にした瞬間——夏の風とは思えないほど、冷たく肌を刺すような風が吹き荒れる。

「おや、昨夜の人間ではないか」

徐々に風の威力が弱まると、頭上から声が降ってきた。

弾かれるように顔を上げると、青々と生茂る大きな木の枝に捜していたあやかしの姿があった。

「御風！」

「人間が私に何用だ」

向けられた鋭い視線にたじろいでしまう。

「聞きたいことがあるの」

「ほう、人間があやかしにか？」

昨夜から時折御風の言葉の節々に棘を感じる。彼はおそらく私が会ってきたあやかしとは違う。青時雨や水縹、若緑たちのように人間に好意的なあやかしばかりではないのだ。

「妙な人間だ。私が怖くはないのか？」

「御風自体は怖くないよ。ただ……睨まれるのは怖いけど」

「最近少し慣れてきたから、俺も別に怖くはない」

私と八城くんの言葉に御風はクツクツと喉を鳴らして笑った。

「私を怖がる人間は山ほど見てきたが、其方たちのような人間は珍しいな」

仕切り直すように御風は咳払いをし、私を見下ろした。

「さて、私を呼んだ理由を聞こうか」

「貴方は朱鞠を食べようとしているのではなく、見守っているんだよね」

御風は私の意図を探るように目を眇める。

「なぜそう思う。アレに近づくあやかしは大抵食おうとしている者ばかりだぞ」

「貴方は強いあやかしだから檸檬の実は必要ないと言っていたし、それなら朱鞠を食べる必要もないはずでしょう」

「そのような理由か。其方はあやかしのことがわかっていないな。妖力だけがほしいのではなく、食らうことが好きなあやかしだっているのだぞ」

しゃらりと音を立てて、御風の首飾りが揺れた。

私は御風が朱鞠を食べようとしているとはどうしても思えなくて、首を横に振る。

「その首飾り」

御風が初めて動揺を見せた。眉をぴくりと動かし、困惑したような表情で私を見つめてくる。

「朱鞠の簪と同じ雪の結晶だよね」

包み込むように手のひらで握りしめると、御風は目を伏せた。思った通り、彼が朱鞠を食べようとしているとは考えられない。

「朱鞠に誤解されたままでいいの？」

お節介を焼いていることはわかっている。それでも昨夜の御風の切なげな表情が頭から離れなかった。

――わたくしを食べる機会を狙っているのでしょう。

朱鞠はこう言っていたけれど、御風の口から真実を聞きたい。もしも見守っているのが事実なら、どうして御風は誤解されたままなにも言わないのだろう。

同じ雪の結晶の飾りを身につけている御風と朱鞠。御風が自分を食べる気だと思っている朱鞠。御風も呉羽も口にしていた眠り草は冬には命を落とすということも気になる。

「解いたところで、いずれ忘れ去られる」

「それってどういう……」

「幾度も忘れ去られるくらいなら、最初から遠くで見守っていたほうがいい」

首飾りの雪の結晶を御風は指先で撫でる。おそらくあの飾りは御風にとってとても大事なものなのだろう。

「清白さん！」

八城くんが慌てたように声を出して、私の肩を揺らした。

「あれ見て。檸檬喫茶の前でなにか揉めてる」

振り向くと、黄を帯びた赤色の髪が目に留まる。耳が鋭く尖り、茶色の体がひしゃげているあやかしたちに取り囲まれていた。

「返して！　返してください！」

朱鞠を囲んでいるあやかしの手には、雪の結晶がついた簪が揺れていた。必死に取り返そうとする朱鞠をあやかしたちが蹴飛ばしている。

私が走り出すよりも早く、切り裂くような風が吹いた。

「っ朱鞠！」

焦りを含んだ声と共に、承和色の長い髪が細く線を描くように青空に向かって靡く。それは息を飲むほどの一瞬の出来事だった。

御風は朱鞠を守るように抱き上げ、囲っていたあやかしたちを威圧するように見下ろした。

あやかし同士では力の違いがわかるのか、御風を前にしたあやかしたちはガタガタと体を震わせている。

「二度とこの者に近づくな」

御風が低く唸るような声で言うと、あやかしたちは怯えた様子で地面に這いつくばりながら逃げるように去っていく。そして、朱鞠から奪い取った簪を最後の悪あがきと言わんばかりに、遠くへ向かって投げ捨てた。

「わ、わたくしの簪が！」

慌てて飛び出そうとした朱鞠を片手で制すると、御風は空いている手の人差し指を立てた。そして風を操り、簪を自身の元へと引き寄せる。

「ありがとうございます」

御風の手から簪を戻された朱鞠は安堵したように表情を和らげた。簪に頬を寄せると、ぽろぽろと涙を流す。

「どうしてかわからないのですが、この簪だけはとても大事なのです」

しゃらしゃらと優美な音を奏でる雪の結晶に朱鞠の涙が落ちる。その光景を御風は穏やかな眼差しで眺めていた。

「夕暮れ時から夜にかけてはあやかしの動きが活発になる。君のような力のないあやかしはあまり出歩かないほうがいい」

抱き上げていた朱鞠を地面に下ろし、御風は足早に立ち去ろうとする。けれど、彼の袖口を朱鞠が掴んで引き留めた。

「お待ちください」

「……離せ」

「わたくしが危険になると、いつも風が助けてくださいました。そして気がつくと傍には貴方の姿があるのです」

「気のせいだろう」

御風は朱鞠の手を払い除けようとする仕草を見せるけれど、その手には力が篭っていないように見える。

まるで幼子を宥めるように、傷つけまいと優しく触れて離れさせようとしているみたいだ。

「貴方はわたくしを食べようとしているのだと思っていました。ですが本当は他に理由があるのですか？」

朱鞠は御風を逃すまいと、両腕を広げて前に立った。そして彼の首飾りを見て、動揺したように目を見開く。

「同じもの……ですよね」

「似ているだけだ」

自分の手の中にある簪と見比べて、じっくりと観察しながら目を細めると朱鞠は首を横に振った。

「いいえ、よく見てください！　細かい模様まで同じですよ」

「……だったらなんだというのだ」

「生まれてきてこの飾りを見たとき、とても大事なものだと思ったのです。そして貴方の首飾りにも同じものがあります」

顔を背ける御風の目前に朱鞠は回り込み、簪の雪の結晶を見せつけるようにして近づけた。

「貴方の知っていることを教えてください」

「……今の君が知っても、意味のないことだ」

「それは聞いてからわたくしが決めます」

御風は横目で私を見遣り、すぐに朱鞠へと視線を戻す。そして苦々しい表情で呟いた。

「君を前にすると、決心などすぐに鈍ってしまうな」

「やはり、なにか知っているのですね」

唇を尖らせてじりじりと距離を詰めていく朱鞠に対し、御風は逃げるように一歩身を引く。

「これから私の知っていることを話せば、君は気味が悪いと思うかもしれないぞ」

「わたくしは知りたいのです！　教えてください」

折れる様子がない朱鞠に、御風は観念したように深いため息を漏らした。

「眠り草のあやかしは冬を越せずに命が尽きて、そして春が来ると再び命を宿す。姿形は同じだが、記憶は毎度消えている」

「ええ、それはわたくしも存じております」

そう口にした後、朱鞠はなにかに気づいた様子で目を見開き、唇を微かに震わせる。

「……では、貴方は以前の私を知っているのですか」

御風は決まりが悪そうに目を逸らして、ぎこちなく頷く。

「もう何度も、君が生まれ変わるたびに君を捜して会いに行った」

朱鞠が手に持った簪に御風が指先を伸ばすと、雪の結晶が日差しに反射してきらりと光った。

「この飾りは冬を越せない君が雪を見たいと言ったので、私が妖力で作り出した」

愛おしそうに指の腹で御風が雪の結晶を撫でる。その様子を見た朱鞠がふわりと微笑んだ。

「わたくしにとって貴方は大事な方なのですね」

緊張が薄れ、柔らかな声になった朱鞠に御風は眉を寄せて厳しい眼差しを向ける。

「何故そう言い切れる？　君を騙しているのかもしれないぞ」

ほんの少し上擦った御風の声音は予想外のことに困惑しているようにも思えた。

「わたくしはこの簪を見たとき、大事なものだと思ったのです。それは貴方がくれたものだからでしょう」

御風が感情を表に出すのは、朱鞠に関することばかりのように見える。

今も返す言葉に迷っているようで、何度もなにかを言いかけては、口を閉ざしている。

「名前を教えてくださいませんか」

朱鞠の紅玉のような瞳に見つめられ、御風は躊躇いながらも薄い唇を開いた。

「……御風」

「御風様」

噛み締めるように朱鞠が口にすると、御風は胸元を押さえて硬く口を結んだ。まるで湧き上がってくる嬉しさや苦しさに堪えているように見えた。

「あの、どうなさったのですか」

「君が初めて私の名前を呼んだ日を思い出した。……君はいつも私に感情を教えてくれる」

朱鞠の華奢な手が寄り添うように御風の手に重ねられる。すると、御風の肩が大きく跳ねた。

「御風様。わたくしを見守ってくださり、ありがとうございます」

「……朱鞠」

切なげに彼女の名前を呟くと、御風は俯いてしまった。

「守れてなどいない。冬が好きだと、雪が見たいと言った君を守りきれなかった。……そうして、もう何度も君を失った」

「生まれ変わるたびに記憶を失って、わたくしは貴方を傷つけていたのですね」

「っ、違う。私は……」

朱鞠は御風の承和色の髪に手を伸ばす。隙間から見えた御風の顔は今にも泣き出しそうだった。

「君が私を忘れても、私が君をずっと覚えている。だから君は気にしなくていい」

明確な言葉を口にしなくとも伝わってくる。御風にとって、朱鞠はなによりも大切な存在なのだ。

冬が来て朱鞠が命を落とすたびに別れを告げて、春が来て朱鞠が命を宿すたびにまた見守る。そんな日々を彼はひとりぼっちで繰り返してきたのだろう。

「御風様、酷なお願いをしてもよろしいですか」

「……ああ」

夏空が茜色へと表情が変わり、雲の切れ間からは光が漏れ、薄明光線がふたりに優しく降り注ぐ。

「何度生まれ変わっても、わたくしのことを見つけて」

目に溢れんばかりの涙を浮かべた朱鞠が縋るように御風を見上げている。御風はわずかに目を見開き、すぐに穏やかな表情で口元を緩めた。

「……記憶のない君に纏わりついて困らせるかもしれないぞ」

「それでもきっと貴方は、最期のときまで傍にいてくれるのでしょう」

目を閉じた御風から、一筋の光が零れ落ちる。それを朱鞠は愛おしそうに指先で拭って、微笑んだ。

それから朱鞠は御風と去っていった。ふたりはこれから冬を迎えるまでの短い間を共に過ごすのだろう。

暮れなずむ夏空の下、私と八城くんは石段に座って、朱鞠と御風の切なくも温かな余韻に浸っていた。

「大事な存在がいるのは、人もあやかしも変わらないんだな」

八城くんは御風たちが去った方向を眺めながら呟いた。空を染めていた朱が淡く滲み、紫陽花のような色へと変化していく。もうじき夜が訪れる。

「私、やっぱりあやかしとも人とも関わって生きていきたい」

新たに決意を胸に私は立ち上がった。

これから先、大学や就職など進路をどうするのかまだ全ては決まっていないけれど、いずれはここを受け継いでいきたい。

「迷いが消えてすっきりって顔してるね」

「え、そうかな」

「俺は清白さんがそうしたいって思うなら、応援するよ」

八城くんに背中を押してもらって、私は笑顔で頷いた。迷うことがあっても、今の私にはいつでも話を聞いてくれる存在がいる。そう思うと心強かった。

八城くんと別れて、家の玄関の前まで着くとドアが開く。

「ただいま、呉羽」

私が帰ってくることがわかっていたかのように呉羽が出迎えてくれた。私の様子を見てあやかしの匂いを感じたのか、すぐに顔が顰められる。

「御風は朱鞠と一緒に帰っていったよ」

「……そうか」

私の報告を聞くと、僅かに表情を緩めた呉羽は小さく息を吐き、腕を組んだ。

「別れを繰り返す道を選ぶなんて俺には理解できない」

「でも呉羽は私たちと一緒にいてくれるんでしょう」

呉羽は私の言葉に不服そうな表情をしているけれど、なんとなく答えに困っているように思えた。

一緒に過ごす時を重ねるごとにわかってきたのは、御風と同じで呉羽も不器用なのだ。

「呉羽？　べにちゃんが帰ってきたの？」

床と擦れるようなスリッパの音がリビングの奥から聞こえてきた。

「おかえりなさい、べにちゃん。……どうかしたの？」

いつもならすぐに中に入る私たちが玄関で立ち話をしているのを不思議に思ったの

か、おばあちゃんは頬に手を当てて顔を傾ける。

「早く入れ」

ぶっきらぼうに呉羽が言うと、くるりと背を向けて歩き出す。私は呉羽とおばあちゃんを引き止めるように、声を上げる。

「あのね！」

振り向いたふたりの顔を見て、先ほど改めてした決意を思い返す。

もっと先のことを決めてから口に出した方が現実的だろうか。不安が頭を過るけれど、私は両手をギュッと握り、めいっぱい息を吸う。

「いつか檸檬喫茶を継ぎたい！　だからその……お菓子作りとか植物のこととかこれから色々教えてほしいの！　私、おばあちゃんみたいになりたい」

言い切った安堵と、思いを告げる照れくささに顔から火が出そうだった。心拍数が上がって呼吸が浅くなっていく。

私の決意をおばあちゃんはどう思うだろう。じっと反応を待っていると、おばあちゃんは目尻にしわを刻んで笑ってくれた。

「まあ！　べにちゃんにそう思ってもらえるなんて嬉しいわ。ねえ、呉羽」

「……ああ」

「おじいちゃんにも報告しなくちゃいけないわね。きっととっても喜ぶわ」

おばあちゃんのことを見つめていた呉羽が僅かに口角を上げる。

私の思いはちゃんと届いて受け入れてもらえたようで、ほっと胸を撫で下ろした。

「紅花」

呉羽の私よりも小さな手が軽く頭にのせられる。たったそれだけだけれど、呉羽もまた喜んでくれたのだと思い、胸が熱くなる。

「続きは家の中でしろ。もう夕飯だ」

「うん！」

焦らず、少しずつでいい。自分がなりたい未来に向かって歩んでいきたい。

私は俯いてばかりだった頃とは違って、もうひとりじゃない。

翌日は朝から日差しが強く真夏日だった。

学校ではずっと下ろしていた黒髪を後ろでひとつに束ねてみる。そうするだけで、いつもよりも明るい自分になれる気がした。

清々しい朝の空気を全身に感じながら石段を下っていく。

「まなか、おはよう」

石段の途中で座っているまなかに声をかけると、「おはよう、べにちゃん」と明るい声が返ってきた。

どうやらまなかにとっては、ここで朝を過ごすのがお気に入りらしく、学校へ行くときに会うことが多い。

「今日は暑そうだね」

「一日雨の心配はないみたいだよ」

「じゃあ、私はうっかり予報外れの雨を降らさないようにしなくちゃ。傘を持っていないと困っちゃうもんね」

そう言ってまなかはおばあちゃんがあげた番傘を掲げて笑った。

「それじゃあ、いってらっしゃい！」

「うん、いってきます！」

まなかと別れ、石段を下り終わると駅の方からぞろぞろと生徒たちが並木道へと向かって歩いていく。

私は今まで自分だけが異質な気がしていた。けれど、あやかしが視えるという力だけが特殊なだけ。

私は彼らと同じ制服を身にまとった高校生だ。

自分の体質のことばかりにとらわれて怯えずに不安がらずに、堂々としていよう。

たくさんの生徒たちが歩いている中で、色素の薄い髪の男の子の後ろ姿が見えた。

緊張して、心臓がばくばくといっている。

　すると背中を押すような追い風が吹き、引き寄せられるように彼の元へと一歩進んだ。すこし汗の滲んだ手のひらを握りしめて、息を吸い込む。

「八城くん！」

　色素の薄い髪がふわりと揺れて、振り返った。

「おはよう」

　八城くんは嬉しそうに笑って挨拶を返してくれた。

「おはよう、清白さん」

　――しゃらり。

　どこからか優美な音色が重なって聴こえた気がした。

【了】

檸檬色に思い初める

焼けるように熱い日差しから逃げるために、木陰になっている公園のベンチに座り、ビニール袋を勢いよく開く。冷気と共に甘い香りが漂って、ほんの少しだけ涼しくなった気がした。

一口食べようとしたところで砂利を踏む音が聞こえて、足元に影が落ちる。

「千夏！」

面倒なやつが来た。そう思って、顔を顰める。

「また思わせぶりなことして、今度は三組のまなちゃん泣かせたんだって？」

溶けかけのソーダアイスが指先に滴り、慌てて崩れ落ちそうな部分を口に入れた。

冷たいそれをシャリシャリと咀嚼しながら、甘い液体を飲み干していく。

俺の反応が鈍いことを察して、幼馴染のヒロが呆れたように嘆息を吐く。きっと相手の女子に愚痴られでもしたのだろう。

「その気がないのに優しくするから、相手が勘違いしちゃうんでしょ」

「冷たくするよりはマシだと思うけど」

「そうだけどさぁ……」

小学生の頃は先生や周りの人たちが女の子には優しくしなさいって教えてきたのに、中学生になったらその優しさは思わせぶりだと言われるようになった。

急に周りが異性を意識しだして、恋愛ごとの話題が増えていく。

どうしてなんでも恋愛に結びつけるんだと嫌気がさす。だから、幼馴染で気楽に話せるヒロや、恋愛に興味がない晴夜といる時間が心地よかった。

隣に座ったヒロはカバンから炭酸を取り出して、キャップを捻った。爽快感のある音が響き、気泡を放つ透明な液体をゴクゴクと飲んでいく横顔を眺めながら、俺は内心安堵した。

どうやら今日のお説教は短く済んだらしい。

「そうだ！　夕哉（ゆうや）くんの試合、来週だよね。楽しみだなぁ」

ああ、まただ。と俺はため息が漏れそうになる。兄ちゃんの話になるとヒロの表情が変わる。頬に赤みが差して、はにかむ。

ヒロもまた、恋愛をしているひとりだった。

「千夏は好きな子いないの？」

「いないよ。俺にはまだそういうのよくわかんないしさ」

小学校までは友達だったはずなのに、中学になったらいつの間にか付き合っていた人たちもいる。みんないつ恋愛の好きに切り替わるのだろう。

「ヒロはいつ兄ちゃんのこと好きになった？」

「んー、気づいたら特別だったなぁ」

ヒロだってずっと兄ちゃんとはただの幼馴染みだったはずだ。昔から懐いてはいたけれど、見るからに表情でわかるようになったのは中学に入ってからだと思う。

見た目は同じはずなのに、兄ちゃんのことになるとヒロの中に別の人が入ってしまったような妙な違和感が未だに消えない。

「他の男の子とは違って見えたんだよね」

生温い夏風にヒロの肩あたりまで伸びた髪が揺れる。隙間から見える耳が赤く染まっていた。

「気づいたらいつも目で追ってて、ちょっとした会話をしただけで嬉しくなってたんだ」

「やっぱ俺にはそういうのわかんないな」

そんな相手ひとりも思い浮かばない。ヒロは他の女子とは違う存在だけど、恋愛とは違うのはわかる。目で追うこともなければ、ちょっとした会話で気分が浮上することもない。

それに誰が可愛いとか、付き合っているだとか。そういう噂話をするよりも、運動やゲームをしたり、アイスを食べている時間の方が俺にとっては楽しいのだ。

「千夏はいつもニコニコしてみんなに平等に優しいもんねぇ」

「……良い意味に聞こえないんだけど？」

「あ、バレた？」

歯を見せていたずらっぽく笑うヒロを横目で睨み、溶けかけの残りアイスを頬張る。

「ねえ、千夏」

ヒロは炭酸が入ったペットボトルを頬に当てながら、俺を見て口角を上げる。

「いつか誰よりも優しくしたくて、その子が笑うと嬉しいって思うような人と出会えるといいね」

「そうだな」

頷きながらも他人事のように思っていた。自分が誰かを好きになって、一喜一憂しているなんて想像がつかなかったのだ。


高校に入学してすぐのことだった。

俺はクラスの中でひとりだけ雰囲気が異なっている女子と出会った。

揺れるたびに光の輪を見せる緑の黒髪と透けるような青白い肌は、彼女の儚げな雰囲気を一層引き立てている。

綺麗な顔をしているけれど、寂しげで憂いを帯びた表情や落ち着いた雰囲気が俺たちとは違う空間にいる人のように思えた。

彼女の周りに人がいないのは、近寄りがたいからだと思っていたが、すぐに別の理由があるのだとわかった。

『魔女』

『幽霊が視える』

同じ中学出身の人たちが口を揃えてそう言う。

どうやら過去に彼女によって、怪我を負った人がいるらしい。そしてその時に幽霊が近くにいたのだとか。

本当かどうだか疑わしい噂だったが、俺は藁にもすがるような思いで彼女に近づいた。

「清白さんだよね。俺、八城千夏。よろしくね」

伏せていた目をゆっくりと上げて、澄んだ瞳が向けられる。

「……よろしく」

たった一言、会話をしただけなのに俺を拒絶するように、すぐに目を逸らされてしまった。これが俺と清白さんの初めての会話だった。

初めて会話をした日の放課後。忘れ物をして学校へ戻ると、校門の近くの桜の木の近くに清白さんを見かけた。

正確には髪で隠れていて顔は見えなかったが、腰あたりまで伸びた髪と背丈がおそらく彼女だろうと思い、俺は足を進めて近づいていく。

長い黒髪が春風に緩やかに靡き、横顔が露わになる。

教室で見た寂しげで憂いを帯びた表情でも、硬く強張った表情でもない。

淡く色づいた桜の花弁が雪のように降っていくのを眺めている清白さんの横顔は柔らかく、目をキラキラと輝かせている。

その姿を見て――綺麗だなと思った。

それと同時に、彼女がどんな人なのか気になった。

聞いた噂話の中には、注目を浴びたいから幽霊が視えると言っていると話もあったし、気に入らない人を呪っていたと話もあった。けれど、視界に映る清白紅花という少女は、そのどちらとも違って見えた。

何度話しかけても素っ気なかった清白さんと関わるきっかけができたのは、彼女が四月に階段から落ちそうになった時だった。
そこで俺は彼女の秘密――あやかしが視えること、更に清白さんの手に触れた相手もあやかしが視えるという秘密を知ってしまったのだ。

それから少しずつ彼女との交流は始まり、夏を迎えた今。俺は彼女の隣にいるのが当たり前のようになっていた。

最近では俺と清白さん、そして晴夜は部活がない日は一緒に帰ることも増えてきた。じりじりと肌が焼けるような日差しを感じながら、歩いていると花火大会と書かれたポスターが目に留まる。

そうだ！　と思いつき、俺は声を上げる。

「花火しよう！」

突然の俺の提案に、隣を歩いていた清白さんは首を傾げた。

「やっぱ夏だし、なにか思い出に残ることしたいじゃん」

花火大会は人が多いので、清白さんはあまり行きたがらないだろうし、晴夜も人混みは嫌いなはずだ。それなら三人ですればいい。

「どこでするんだよ」

「晴夜の家は？」

嫌そうに顔を歪めた晴夜に若緑にも会いたいと口にすれば、ちらりと清白さんを見やった。

清白さんも会いたいようで期待の眼差しになっている。その様子に晴夜は拒否するのを諦めたみたいだ。

「それなら線香花火な」

「それじゃあ、地味だろ！」

「勢いがあるやつだと家の植物が燃える」

まあ確かにと腕を組み、考える。

晴夜の家が難しいのなら、清白さんの家なんてもっと植物がたくさんあるのだから無理だろう。俺の家の庭も三人で花火ができそうなスペースがない。

花火ではなく別のことにするしかないかと思ったところで、清白さんが控えめに手を挙げた。

「わ、私、線香花火やってみたい！」

「もしかして、したことないの？」

「うん。実は花火って一度もしたことないんだ。だから、その、線香花火も目の前で見たことがなくて……」

友達と寄り道もしたことがなかったと話していた彼女は、おそらく今まで友達となにかをするという日々を送ってきていないのだろう。

それを知ってしまうと、ますます思い出を作りたくなり、晴夜に視線を流す。

晴夜も詳しくは聞いていなくとも、入学当時の清白さんの噂話を思い出せば予想はつくのだろう。

なんともいえない表情をしている。俺と目が合うと無造作に髪を掻いた。

「わかったよ。その代わり、清白は檸檬の菓子と若緑の菓子を用意してこいよ。あと八城は線香花火な」

なんだかんだ優しい晴夜の許可が降りて、俺たちは終業式がある夜に晴夜の家に集まることになった。


花火当日の夕方、晴夜の家に集まった俺と清白さんはかつて晴夜のおじいちゃんが使っていたという和室へと通された。

今の俺には視えないけれど、来訪に喜んでいる若緑がはしゃいで駆け回っているらしい。

清白さんがタッパーを開けて、晴夜が持ってきたガラスの器に盛り付けていく。ゼリーと聞いていたけれど、丸くころんとしていてスーパーボールのような大きさのものがいくつも入っていた。そして、その中にはフルーツが閉じ込められている。

「すごい。こんなの初めて見た」

「九龍球（クーロンキュウ）っていうフルーツを中に入れて固めた寒天ゼリーなの」

色とりどりの球体のゼリーに、しゅわしゅわと弾ける炭酸が流れ込んでいく。ゼリーと周囲のどろりとしたシロップとが混ざり合うのを眺めていると、清白さんが俺と晴夜の前、そして誰もいない場所の三ヶ所に器を置いた。

「これは八城くんと三浦くんで、こっちは若緑用だよ」

今の若緑は妖力や怪我の回復が必要のないため、檸檬が入っていないそうだ。俺と晴夜は若緑を視るために檸檬が入っているらしく、黄色が多く見える。

「いただきます！」

スプーンで檸檬ピール入りの九龍球を掬い上げる。よく見てみると、檸檬が入っているものだけゼリーが淡い黄色に染まっていた。

一口食べてみると、シロップは炭酸と混じりあって程よい甘さになっている。ほろほろと崩れていくゼリーは甘酸っぱい檸檬味で、中から檸檬ピールが出てきた。

「美味しい！　さっぱりとしてて食べやすいね」

俺の感想に晴夜も頷き、すぐにまた次の九龍球を食べている。口にはしないけれど、かなり気に入ったみたいだ。

「ん～！　わしは毎日でも食べたい！」

子どもの声に驚き、晴夜の隣に視線を向ける。すると、先ほどまで誰もいないように視えていた場所には若緑がいた。

ひと月ほど前に清白さんの家で視た姿と同じで、肩にかかるくらいの生成り色の髪に、小学校低学年くらいの幼い少女ようなあやかしだ。

「無茶言うな。俺は作らないからな」

「ケチだな！　晴夜は料理もできないのか！」

「いつも菓子買ってきてやってるだろ。文句言うな」

口喧嘩をしているようにも見えるけれど、若緑の口元は上がっていて、晴夜も本気で怒っているわけでもなさそうだ。この一ヶ月ほどで、随分と仲良くなったらしい。

そんなふたりを清白さんは穏やかな表情で見守っている。

「喜んでもらえてよかった。おばあちゃんに教えてもらって私が作ったんだ」

「え、清白さんが作ったの？」

目の前の九龍球が入ったガラスの器と清白さんを見比べる。すると清白さんは小さく頷いた。てっきり清白さんのおばあちゃんが作ったのかと思っていた。

「すごいね！　初めて食べたけど、本当に美味しい。ありがとう」

清白さんは照れくさそうに視線を外し、長い黒髪を耳にかける。

「いつか檸檬喫茶を継げるように今から色々教わってるんだ」

清白さんの表情からは憂いが晴れて、瞳には光がさしているように見えた。

縁側に出ると陽が沈んだところだった。先ほどまで燃えるような赤色が障子を通して部屋の中にまで差し込んでいたけれど、今は空が青に塗り替えられている。昼間の淡い青空の色とは違い、真っ暗とまではいかないが仄暗く幻想的な青色だった。

晴夜が沓脱石のところに俺たちの分の履物を置いてくれる。

「どんな遊びなんじゃ?」

「火をつけるんだよ」

「……物騒な遊びじゃな」

花火を見たことがないという若緑は縁側に置いてある線香花火を指先でつつきながら、まじまじと観察している。

晴夜は漆黒の手燭に蝋燭をさして、マッチに火をつけた。火が灯った蝋燭を見た若緑が体を硬らせる。そして近くにいた清白さんに助けを求めるように抱きついた。

「怖いことじゃないから大丈夫だよ」

清白さんは後ろでしがみついている若緑を安心させるように、軽く頭を撫でる。人間とあやかしだけど、まるで姉妹のようでその光景が微笑ましい。

「若緑、ほら」

晴夜が線香花火を一本、若緑へと渡す。躊躇いながらも受け取った若緑は晴夜に手招きされて小走りで駆け寄っていく。

どうやるものかと蝋燭の前で線香花火を持ち、晴夜が説明をした。

「こ、これを蝋燭の火につけるのか?」

「そういうやつだ」

「燃えてしまうのではないか？」

「怖いものじゃないって言ってるだろ。ったく、先に俺がやるのをちゃんと見てろよ」

不安がる若緑を安心させるように晴夜が線香花火を手に取り、火に近づけていく。

捻られた和紙を通して火薬の部分に火がつくと、小さな火の玉が浮かび上がる。

ぷっくりと膨らんで、次第に弾くような音を立てて、火花を散らし始めた。

「うわぁ！　急に燃え出したぞ！」

「おい、危ないから動き回るな。あと絶対触るなよ」

若緑が怪我をしないか気が気じゃなさそうな晴夜に対して、変化していく線香花火を若緑は目を輝かせながら眺めている。

俺は隣にいる清白さんに一緒にやろうと線香花火を差し出した。

清白さんはどこか緊張したような面持ちでそれを受け取ると、蝋燭の方へと歩みを進めていく。

隣にしゃがみ、ふたりで線香花火を蝋燭の火に垂らすと、清白さんがぽつりと呟く。

「線香花火って大きく四つに変化するって本に書いてあったんだ」

「ああ、なんだっけ……最初は牡丹で次は松葉だっけ？」

「うん。その次は柳で、最後は散り菊。火の変化を花に例えるのが素敵だなぁって」

ジリジリと微かに音を立てながら橙色の火の玉が膨れる。

小さな火花が見え始めると、次第にそれは大きくなり、今度は弾けるようにバチバチと音が鳴った。

「綺麗」

線香花火を見つめている清白さんは、子どもみたいにわくわくとした顔をしている。入学した頃と比べて清白さんは変わった。話し方も明るくなって、感情を表に出すようになった。

けれど、彼女を苦しめる噂は今だって完全に消えたわけではない。

影で好き勝手言う人だっている。そのことが俺はもどかしくて、どうにかしたかった。

ある時、そんな俺に清白さんが言った。

——わかってくれる人がいるからいいの。

控えめに微笑む彼女からは、諦めて言っているわけではないのだと伝わってくる。

だからせめて俺は、人間にもあやかしにも寄り添おうとする優しい清白さんがこれ以上、心ない悪意に傷付けられないように守りたい。

俺と清白さんの手元の火花がしな垂れては散っていく。

「今まで清白さんができなかったことや、やってみたいことを、これからはたくさんやろうよ」

線香花火だって、学校帰りの寄り道だって、これから何度もできる。人の輪の中で生きることを怯えて、苦しんでいた清白さんに、外の世界はこんなに楽しいことがあるのだとたくさん伝えたい。

「他にやりたいことはある？」

「やりたいこと……なんだろう。あ、みんなでかき氷を作ってみたい！」

珍しくはしゃいだように清白さんの声が弾んでいた。

「冷たいお菓子は作るけど、かき氷は家で作ったことないの。だからやってみたくて」

「いいね。じゃあ、次はそれにしよう」

清白さんの双眸には橙色の光が映り、潤んでいるように見えた。

「八城くんはすごいね。私が今までできなかったことを、叶えてくれる」

「それは清白さんに笑顔でいてもらいたいからだよ」

笑っていてほしい。清白さんの心を曇らせることがないように、思い出を積み重ねていきたい。

――いつか誰よりも優しくしたくて、その子が笑うと嬉しいって思うような人と出会えるといいね。

今になってあの頃のヒロの言葉の意味がわかった気がした。

「今年の夏休みは、たくさん思い出作ろうよ」

「うん！」

火花は穏やかになり、静かな灯火が微かに音を立てながら火花が線を描く。

丸く膨れた橙色の火が落ちる前に、そっと心の中で願った。

来年もこうして過ごせますように。

【了】

隣の席の佐藤さん 2

森崎緩　装画／げみ

高校最後の１年も折り返し。文化祭のクラス演劇で、笑いもの必至の役になった山口くんは憂鬱な日々を過ごしていた。しかし、練習が始まると繰り返し同じセリフを失敗する佐藤さんが笑いの的になってしまい――。甘酸っぱくてちょっと切ない、山口くんと佐藤さんの日常を描いた青春ストーリー！　最後の文化祭から高校卒業までを描いた「最後の秋の佐藤さん」、卒業して新たな生活を送る二人を描いた「卒業後の話」にくわえ、新たに書き下ろした短編を収録。

藤倉君のニセ彼女

村田天　装画／pon-marsh

学校一モテる藤倉君に、自称・六八番目に恋をした尚。

ひょんなきっかけから、モテすぎて女嫌いを発症した藤倉君の女除け役として「ニセ彼女」になるが、この関係を続けるためには「藤倉君を好きだとバレてはいけない」ことが条件だった——。

周囲を欺くための「ニセ恋人」関係を続けるには、恋心を隠して好きな人を騙さなければいけない。罪悪感を抱えながらも藤倉君と仲を深める尚の恋の行方は……。あたたかくて苦しい青春ラブストーリー。

厨娘(チュウニャン)公主の美食外交録

藤春都　装画／ゆき哉

西洋列強に敗戦し、風前の灯となった崑崙国。

皇帝の〝不吉〟な双子の妹である麗月は、ひょんなきっかけから敵国であるプロージャ帝国の大公・フリートヘルムと協力することに。料理の腕を買われた麗月は、伝説の〝厨娘(チュウニャン)〟として祖国の命運を賭けた食卓外交を繰り広げることになるのだった—。

西洋列強の公使たち、傀儡の皇帝、権力を握る聖太后、そして暗躍する謎の影……！美形だけど嫌味な大公殿下・フリートヘルムとともに、麗月は祖国を救えるのか！　中華×グルメ×政治×イケメン？！　厨娘公主による美食外交が今、ここに始まる！

檸檬喫茶のあやかし処方箋（レシピ）

2020年6月5日　初版第一刷発行

著　者　丸井とまと
発行人　長谷川　洋
発行・発売　株式会社一二三書房
〒101-0003
東京都千代田区一ツ橋2-4-3 光文恒産ビル
03-3265-1881
http://www.hifumi.co.jp/books/
印刷所　中央精版印刷株式会社

ISBN 978-4-89199-636-9